鳥と雲と薬草袋

梨木香歩

新潮社

鳥と雲と薬草袋　目次

峠についた名まえ

岬についた名まえ

谷戸と迫と熊

野寒布岬
29 宗谷岬
北海道
白神山地
青森
八峰町 18
秋田
岩手
11 稗貫郡
禄剛崎 30
星峠 25
由良海岸
山形
宮城
石川
新潟
福島
富山
24 善知鳥峠
05 諏訪
群馬
28 杖突峠
栃木
長野
02 富士見
埼玉
茨城
山梨
34 殿ヶ谷戸
東京
神奈川
千葉
静岡
15 南アルプス市
22 小雀
N
0
200km

長者原 39
山家宿
冷水峠 27
戸畑 07
佐田岬 32
風早島 47
由良宿
松ノ内、月若 13
日ノ岡 20
京北町 09
由良 08
山越 43
東近江市 17
月出峠 26
武生 12
関ヶ原
島根
鳥取
山口
広島
岡山
兵庫
福井
岐阜
佐賀
福岡
長崎
大分
香川
大阪
京都
滋賀
愛媛
高知
徳島
愛知
熊本
和歌山
奈良
三重
宮崎
鹿児島
筑後川
三太郎越 44
栗野町 10
甑島列島 48
姶良 04
催馬楽 42
唐船ヶ迫 37
長崎鼻 33
魚見 03
生見 23
36 水流迫
40 西都原
41 新田原
19 日向
46 牧ノ戸峠
01 鶴見
38 熊
14 四国中央市
21 椿泊
由良
由良
31 樫野崎
天理
月ヶ瀬
06 田光
45 二之瀬越
16 蒲郡

鳥と雲と薬草袋

タイトルのこと

　机の前が窓で、窓の向こうが木立なので、四六時中鳥がやってくるのが見える。木立の向こうには（今のところ）建築物がないので、雲を浮かべたときや何も浮かべていないときの空が見える。
　今回このコラムエッセイの依頼を受けて、何か全体を貫くテーマのようなものがあったほうがいいのではないかと、担当の方はおっしゃるし、私自身もそれはそうだと思った。鳥と雲（気象）の話なら、窓から見えるものでもあるし、大好きなものでもあるし、それを書く日々はきっと楽しいものになるに違いない、と（紆余曲折あったが）最終的に決めた。薬草袋、というのは、私が旅の鞄に入れておくごちゃごちゃ袋のことである。常備薬と、それからいつか訪ねたアドリア海の小さな島のおばあさんからいただいた、ローズマリーやタイム、ラベンダーなどを束ねたブーケ。それが乾燥してとてもいい匂いなのでずっと入れたままにしている。他の荷物に押されると少し砕けるので、鞄を開けるたび、香気を漂わせるようになった。旅の最中のいろいろなメモも一緒に入っている。重要なものではないが、思い出深くて捨てられない。そういう袋。

タイトルを決めるのに、紆余曲折あった、というのは、ぎりぎりまで「土地の名まえ」をテーマにしたい、という思いがあったからである。含蓄のある、昔から続く土地の名まえの履歴について。準備を重ねるうちに、そういうことは私がいろいろ調べて書くより、もっとふさわしい書き手がいるような気がしてきた。けれど、そのテーマに対する思いも捨てきれず、薬草袋にごちゃごちゃ入っているメモのように、いつか行った土地の名まえ、それにまつわる物語も、鳥や雲の話に合わせて、書いていけたらと思っている。一つのテーマに合わせて、というより、その方が伸びやかで、結局はぜんたいにいいような気がするのだ。

まなざしからついた地名

鶴見　つるみ　01

窓の向こうは乱層雲。前線を伴う低気圧が近づいていて、大気は荒れ模様。窓の外のシラカシの一群も、雨に打たれてひっそりとしている。こんなとき、鳥はどうしているのだろう。雨の日、木々にやってくる鳥の数は明らかに減るように思うが、激しい風雨をものともせず飛んでいるカラスもいる。むしろこんな夜にこそと渡る鳥たちもいる。外敵に狙われにくいということもあるのだろうが、本意は分からない。

大分県の鶴見半島の鶴見という名は、実際に海の向こうへ飛んでいくツルがここで見られたからついたのだろうか。それとも半島の形自体が細いツルの首を思わせるからだろうか。

どちらも可能性はある。

半島の先端部、鶴御崎《つるみさき》と四国の間、豊後水道のちょうど真ん中辺りに水の子島という、島というよりは大岩、岩礁といった風情の灯台島がある。今は無人だが、昔そこに灯台守がいた頃、嵐の夜になると海を渡る鳥たちが光を求めて灯台に激突した。剝製作りの心得のある灯台守の一人が、嵐の翌朝その鳥たちの死骸を回収し、剝製を作り続けた。六十二種、五百五十羽。それらが、鶴御崎にある海事資料館隣の渡り鳥館にある。なかにはこんな鳥がまさか、と驚くような鳥もいるがウグイス類やヒタキ類が多く、さすがにツルはいない。九州のツルの渡りコースは、現在ほとんどが出水《いずみ》から朝鮮半島、シベリア辺りとなっている。豊後水道を渡るのは、東南アジアなどからやってくる鳥たちである。

けれど、果敢に海の向こうへ渡っていく鳥影を、あるときツルと思ったとしても、それはそれでありうることだ。もしくは気候が今と違う昔、今のように保護の手厚い出水だけにツルが集中していなかった昔は、もっと九州の広範囲にツルが渡り、豊後水道などひとまたぎ、自在に行き来していた時代があったのかもしれない。

鶴見という名まえが、唯一その可能性の名残だとしたら、わくわくするようで、それから少し寂しい。

富士見　ふじみ　02

冬場で空気が澄んでいるせいか、昨日、思いがけないところから富士を見た。

江戸時代とは較べものにならなくても、東京にはまだ富士山の見えるところが結構残っていて、私の住む低層の集合住宅の屋上からも、冬の晴天時、以前は富士山が見えたものだった（今は途中に高層のマンションが建った）。富士見町、とか、富士見が丘という地名を見ると、ああ、昔はここから富士が見えたのだな、と思う。そして富士見町という町名は、また多いのだ。関東、中部の至る所にある。出くわすと、ああ、こんなところからも富士山が見えるのだな、と思うが、青森県弘前市にもあるのを知ると、え？　と一瞬考え、ああ、岩木山か、と納得する。岩木山は津軽富士とも呼ばれるのだ。その伝で、滋賀県大津市にある富士見台の富士は、近江富士（三上山）の意だし、大分県別府市の富士見町は、豊後富士（由布岳）の意だ。

そういう「富士」は、「郷土富士」と呼ばれ、全国に三一四座以上あるのだそうだ。

小さい頃からあのような円錐形の山を見て大きくなった人と、そうでない山を見て大きくなった人間とでは、「美しさ」というものの基準が、どこか違うような気がする。

私は小さい頃から桜島を見て育った。朝日を浴び、また夕日を浴びる彼の山を見るたび、世の中にこんな美しいものはない、とずっと思っていた。桜島の、それこそ桜の花びらをずらして並べたような繊細なニュアンスをたたえた山頂に較べ、円錐形の山、というのは、どこか単純にすぎないか、そんなに有り難がるようなものだろうかと、子ども心に首を傾げていた。

その私にして、自分の住まいから富士山が見られなくなったと分かったときの落胆は、自分でも驚くほどだった。桜島と富士山とどっちが美しいか、などというのはきっと愚問なのだろう。昔から敬われてきた山々には人の好みのレベルを越えた、それを仰ぎ見た瞬間敬虔な思いを抱かせる、問答無用の力が備わっているのだろう。

魚見

うおみ　03

錦江湾、鹿児島県指宿《いぶすき》市の沖合に、知林ヶ島《ちりんがしま》という島がある。その名の響きには幼い子どもの耳をそばだたせるものがある。潮の干満の関係で、その島へ歩いて渡れる道が一日に二回出現する。フランスのモン・サン＝ミシェルの薩摩版である。知林ヶ島には修道院はないが、薩摩半島側に小高い丘があり、それを魚見岳という。魚見岳からは知林ヶ島が見下ろせ、日に二回現れるというその小道も一望できる。

魚見という名がついた理由は、知らない。漁師が沖合に魚の群れを望見していたのだろうか。それとも引き潮の際には道が現れるほどの浅瀬になるわけだから、そのとき泳ぐ魚が見られたりしたのかもしれない。錦江湾も、昔は本当に透明度の高いきれいな海だった。それが変わったのは喜入《きいれ》原油基地ができてからである。あのときの海の劇的な変化とそれが及ぼした落胆は今でも鮮明に覚えている。

魚見岳のある指宿は温泉の町で、今もそうなのか分からないが、冬になると住宅地を縦横に走る蓋のない側溝からもうもうと湯気が立ち上った。地熱でそうなるのか、湯治場からのお湯が流れてそうなるのか、正確なところは今も私は知らないが、ずいぶん遠いところに来ているのだと、幼心に旅情をかきたてられた。それほど、その眺めは壮観だった。午後になるとその湯気もおさまる。流れの中を覗くと、グッピーなどの群れが泳いでいる。熱帯魚なのだと、当時その辺りに住んでいた少年たちが言っていた。昔からそうなのか、誰かが意図的に放した結果なのか、私は知りたいと思ったが、誰も知らなかった。

今年（二〇一一年）十二月に入ってから、同じく南薩の東シナ海側、吹上浜周辺を訪れる機会があり、十二月だというのに赤いカンナの花が咲き乱れている光景に驚いた。温暖化、ということなのだろうか。それとも昔からそうなのだろうか。そのこともまた、地元の人に聞きそびれてしまった。不思議に思いつつ、結局知らないままで一生を過ごすのだろうと思うことが多い。

文字に倚り掛からない地名

姶良

あいら　04

窓の向こうは雨が降っている。目の前に積まれた本、両脇の本棚、床に至るまで周囲は活字だらけで、唯一活字のない空間が窓の向こうだ。文字抜きでは成り立たない職業を生業としながら（むしろそれだからだろうか）、文字のない世界に憧れる。

今でこそ私のように、大地の知恵に溢れたそういう世界を貴重なものと思う人びとは多いけれど、アメリカ先住民にアリューシャン列島のアリュート族、オーストラリア先住民アボリジニ、それからアイヌ民族、その他数多くの文字を持たない民族が、文字と鉄をもつ猛々しい国に蹂躙されてきた。日本も、そもそもは文字を持たない民族の国だった。中国大陸から文字というものが入ってきて、それまで使っていた言霊の力を文字という記号に変換するのに必死になった当時の人びとのことを思う。

神話に出てくる天之忍穂耳命（アメノオシホミミノミコト）など、お腹に力を込めて呪文のように声を発すれば、いかにも言霊の充満しそうな名まえだ。そういう、文字が渡ってくる以前に作られたと思われる名まえを持つ土地がある。東京とか京都とかいうような、字面で意味が分かる名まえではなく、いかにも意味に関係ない当て字と思われる名まえ、たとえば、鹿児島県の地名である、姶良とか。昔は姶羅と表記したらしいが、土地の名としては相当古い呼称のように思う。姶の字は、現代社会では他にほとんど見かけないのではないか。ア・イ・ラ。発声すると響きに野趣があり力強い。隣の霧島などは、霧が多くて山々の峰が島のように浮かんで見えたのだろう、などと想像がつくのだが、この「姶良」はさっぱり分からない。このわけの分からなさがとても魅力的だ。

姶良郡蒲生《かもう》町という地名があった頃、蒲生の大楠を見に行ったことがある。樹齢が推定で一五〇〇年、根回り三三・五メートル。空洞があり、中に入ると畳十畳敷の広さだ。

その昔、彼が初々しい双葉だった頃を想像する。姶良郡蒲生町は二〇一〇年姶良市になった。姶良市。パソコンで変換すると、愛らし、と出る。

諏訪

すわ

05

今年も近所の公園にオオタカがきた。昔は深山に行かなければ見られなかった、カワセミ、ヤマガラなどの鳥が、ここ数年、都会の公園でも見られるようになった。このオオタカもそうである。冬になると町に降りてきて、群れなすヒヨドリやキジバトを狙う。

このオオタカは、見るからに国産の金太郎さんという顔をしているが、それより二周りほど大きい、カムチャツカから渡ってくるオオワシは、厳《いか》つい黄色の嘴のカーブが、いかにも「西洋風」の顔立ちだ。オオワシは、大部分が知床から千島列島で冬を過ごすが、中には本州へ渡る個体もある。

十数年ほど前の冬、一羽の若いオオワシが諏訪湖で溺れた。報せで駆けつけた林正敏さんの家で手厚い看護を受け、四十九日後、放された。以来毎年諏訪湖に帰ってくる。私も数年前の冬、会いにいき、氷結した諏訪湖の氷の

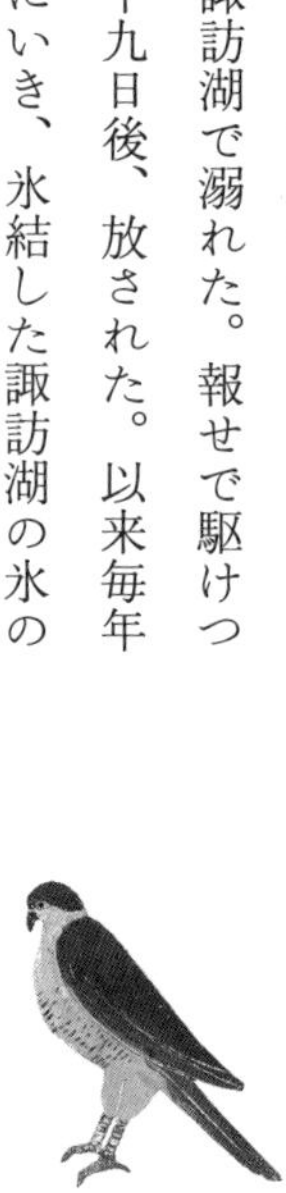

上に佇むグル（救助したとき、グルッと一声鳴いたというので、林さんがつけた名まえ）をレンズの向こうに見た。

諏訪湖は内陸の山に囲まれている。この地方の民話に、山奥の村から出てきて初めて諏訪湖を見た男の子が、横にいた祖母に「大きいなあ。海もこれくらい大きいの？」と聞いたという話がある。彼はもちろん、海を見たことがない。祖母は「馬鹿なことを言ってはいけない。海はこの三倍も大きい」と諭した。男の子は目を丸くした。祖母もまた、海を見たことがなかった。すわ、というのは、そは（それは）、から出てきたらしく、すわ一大事（それは大変だ）のように使われた。感嘆の言葉だったにしろ、危急を叫ぶ言葉だったにしろ非常時の響きがある。

諏訪という地名は、諏訪氏族（神族）と係わりがあるのだろうが、詳しいことは分からない。諏訪氏にしろ、諏訪大社にしろ、諏訪という命名には、まず、音の「スワ」という語感が最初にあったように思われてならない。

今なら「スゴッ」だろうか。

田光　たびか　06

以前、近江の鈴鹿山脈を歩き回って、八風峠を越えようとしたときのこと。近江から東国へ向かうには、まずは中山道不破関、関ヶ原がある。しかし何らかの理由で関ヶ原を避けたい場合、鈴鹿山脈を突っ切って、どこかの峠を越えなければならない。東海道鈴鹿峠越えが一番有名だが、南北に連なる山脈のこと、峠は他にもある。

一五七〇年、織田信長は上洛の帰途、浅井氏らが関ヶ原で待ち受けているのを知った。それを迂回するため、地元の杣人《そまびと》に案内を請い、八風峠の少し南、千種峠越えをした。このとき待ち伏せして信長を狙撃したのが、敵方から命を受けた地元の鉄砲使い、杉谷善住坊である。

現在の私たちより遥かに街道筋のことには詳しかったはずの信長一行も、山越えをするときは、地元の杣人を案内に立てた。このことは信長たちが十分山を知っていたという証拠である。今は当時ほど往来がなく、街道も山に呑み尽くされそうになっているとはいえ、立て札を目安に登ったにもかかわらず、私は迷いに迷った。木々に囲まれた沢筋では方角が分からない。案内を立てた信長たちは賢明であったとしみじみ思った。

八風峠は千種峠より少し北方にある。山深く荒涼とした今は想像もつかないが、近江商人が行き来した昔は、峠に茶屋や宿屋もあったという。昔あったという八風神社の鳥居だけが寂しげに残っている。三重県側に下ると、田光川という川が流れている。川沿いには田光という集落もある。タビカ、と読む。昔は、多比鹿、多毘加とも書いていたらしい。僧が田の中から黄金を見つけたとか、昔は鹿が多かったらしい、とかの言い伝えがあるようだが、それとても、字面で判断した後世の人の当てずっぽうのような気がする。先ず以て最初に、「タビカ」という、何やら力強い響きがあったのではないだろうか。

信長を狙撃した杉谷善住坊は、昔、NHKの大河ドラマ『黄金の日日』で川谷拓三がその役を演じた。田光の近くに杉谷城という館跡があり、彼の住まいだったらしい。

戸畑

とばた

07

昔、物心つくかつかないかの頃、若戸大橋を歩いて渡ったらしい。らしい、というのは、親戚の家で風にさらされて鉄橋を歩く幼い自分の写真を見たからである。記憶になかったので、新鮮だった。当時その近くに住んでいた親戚の家に、泊まりがけで遊びに行った、そのことはうっすらと覚えている。若戸大橋はずいぶん大きな橋で、建設当時は東洋一の吊り橋だったそうだ。親戚は、子どもを喜ばそうと連れていってくれたのだった。

若戸大橋は、北九州市の戸畑区と若松区を繋《つな》ぐ橋で、戸畑、という地名は、新しいようでいて古代からあったようだ。戸畑のト、という音は、「門」という意味から海峡をさす、という説もあるらしい。渦潮で有名な、四国と淡路島の間の鳴門海峡の古い呼称が鳴戸であったことからもそれは偲ばれる。『筑前国風土記』には、「鳥旗」「等波多」（トハタ）、『万葉集』には「飛幡」

と記載されている。トという音が、これも最初にあったのだろう。トのハタ。海峡の端。

そういうことを確認していて、思い出したことがある。稲作の伝わる前、つまり、スズメが爆発的に増える以前は、トビが、空飛ぶ鳥の代名詞のように呼ばれていたのではないだろうか、と以前鳥見をしながら思っていたのだった。つまり、飛び、である。転じて鳥。

郊外を歩いていて、ふと鳥影に気づくと、上空をトビが飛んでいる、ということが多い。トビ、トビ、と気軽に言い、また、鳥見をしていてもっと珍しいワシタカを目当てにしていると、「なんだ、トビか」とがっかりすることが多いのだが、近くに降りられると、結構な迫力なのである。河川上でふと発生した上昇気流を利用して、集まったトビが螺旋状に高く上がり、タカ柱を形成することがある。
ト、という接頭語には、遠くを見つめる視線、開けて行く景色の気配がある。若戸大橋を人びとが歩いていた頃の風景にも、きっとそういうものが溢れていただろう。

由良　ゆら　08

京都に住んでいた頃、時折由良川の鮎の話題が地元のニュース等で出ることがあった。そのときは深く気にもとめなかったが、ユラ、という語感には、耳にするたびなぜか懐かしいものが残った。それがなぜなのか、最近ようやくわかった。子どもの頃、凝っていた百人一首の歌の一つにあったのだった。

由良の門《と》を　渡る舟人　かぢをたえ　ゆくへも知らぬ　恋の道かな

由良川が海に出てくる辺り、ただでさえ流れの早い瀬戸を漕ぐ舟人が、櫂を無くしてしまっている。そのようなこの恋の、アンコントローラブルで不安な現状であることよ、というような意味だが、歌の初出（というのだろうか、この場合）は新古今集で、作者は曾禰好忠《そねのよしただ》。由良は現在の宮津市由良。

新古今よりもずっと古い万葉集でも、「湯羅」という地名はすでに使われている。ただし場所は和歌山県で、やはり川が海に開けていく、風光明媚な景勝地だ。今ではここも由良という文字に置き換えられている。淡路島にも由良という地名があり、港のある、魚のおいしい場所だ。鳥取県にもまた、由良宿という地名がある。宿と名のつくように街道筋の宿場であったのだろう。ここにも由良川があり、河口が日本海に開いている。さらに山形県鶴岡市にもまた、由良海岸という美しい海浜があり、温泉でも有名である。

由良の名を持つ土地のほとんどは、おそらく古代から海と陸とを穏やかに繋《つな》ぐ場所であったのだろう。ユ、という音が水を意味し、ラという接尾語がついて、水のあるところを指すという説もあり、「波が砂をゆり上げるところ」とも解釈されることもあるようだ。

ラ（羅、良）というのは、古代の人びとの大好きな接尾語のようだ。そういえば、赤ん坊が生まれてくるときの「おぎゃー」は、音階では「ラ」の高さだということを聞いたことがある。関係がなさそうだけれど、あるいはあるのかもしれない。

消えた地名

京北町

けいほくちょう

09

時期外れの話題ではあるが、京都市と滋賀県大津市の境目に住んでいたことがあって、初夏の頃になると、明け方によくホトトギスの声を聞いた。近くにあった音羽山が、平安の時代からのホトトギスの（鳴き声の）名所であるということを知ったとき、ずいぶん満ち足りた思いをしたことだ。それから兵庫県に移り住み、ホトトギスの鳴き声とは遠ざかっていたが、東京に住むようになって、思いもかけないことに、ホトトギスの初音を毎年聞いている。近くの公園が、きっと一羽のホトトギスの渡りの経路なのだろう。一日か二日それが聞こえると、あとはばったりと途絶える。一休みして、北の方へ飛んで行くのだろう。姿は見ていないのだが、梢の高いところで鳴いているらしい。辺り一帯にその声が響くと、ほとんど深山幽谷にいるがごとくである。

そのことを思い出したのは、送られてきた封筒に、三円切手が一枚、他の切手と混ざって張ってあったからだ。三円切手の絵柄がホトトギスだなんて、私は今まで知らなかった。

先日、近畿圏を旅行することがあり、地図を見ていたらとんでもないところに京都市右京区と出ていて、思わず「あ、この地図誤植がある」と叫んだ。京都市は、大まかに言うと、地図に向かって右が左京区、左が右京区、真ん中が上から北区、上京区、中京区、下京区となっているはずだ。それ以上北は京北町というところで、北山杉で有名な杉の産地でもあり、初夏に訪れると、それこそホトトギスの「テッペンカケタカ」が辺りに響き渡り、熊が出ることでも有名な山奥だったのである。「すごい誤植だ」と、私は少し興奮気味。「地図で誤植っていうことはあり得ないと思う」。出版社勤めの冷静な友人がそう言うので、まさか、と思いつつ調べてみたら、なんと京北町は右京区に合併して、二〇〇五年に消滅していた。

栗野町

くりのちょう　10

霧島山系の西の端に、一一〇二メートルほどの高さの栗野岳という山がある。以前登山したとき、カシワの木があったことにたいそう驚いた。鹿児島にカシワの木はない、とずっと信じていたからだ。

鹿児島にカシワの木はない、それが証拠に、鹿児島で柏餅と言ったら、サルトリイバラ（山帰来）の葉で挟んだ餅菓子である。端午の節句のあたりになり、巷に柏餅が出回るようになると得意になってそう言って、友人知人を感心させてきた（と本人は思っている）。これは大変だ。真実でない話を長年吹聴してきたのかもしれない。

麓に降りてから急いで調べると、栗野岳はカシワの自生する南限の地なのだということだった。私は、鹿児島市にはカシワの木はない、というべきだったのだ（それにしても、柏餅にサルトリイバラの葉を使う風習の北限の地域はどこなのだろう）。

クリ、カシワなどの広葉樹が豊富な地方だからついた名まえなのだろうか。栗野岳は霧島連山の中では飛び抜けてイノシシが多いと聞いたこともある。それはイノシシの大好物であるそれらの実、ドングリの仲間が豊富なせいなのかもしれない。栗野岳には中腹に「日本一長い枕木階段」というものがあり、それは下から見上げるとそれだけで戦意喪失しそうな長い長い階段であった。まだ飼い犬が生きていた頃、一緒に登ったことがある。犬に引っ張られるようにして登り切ったところに展望台があり、見晴らしがよかった。その辺り一帯を栗野町と言い、栗野という名まえは鎌倉時代の一一九八年、大隅国図田帳に「栗野院」という名ですでに記録されているそうだ。

五、六年前、車で走っていてやたらに湧水町《ゆうすいちょう》という名まえのついた看板が出ているのが気になった。湧水町なんて聞いたことがなかった。まさかと思い、人に聞くと、二〇〇五年、栗野町は、吉松町というこれも古い歴史を持つ名の町と合併し、湧水町となったのだそうだ。栗野町も吉松町も消滅したのだった。

稗貫郡

ひえぬきぐん

11

先日の休み、以前編集をして下さっていた方が、小さなお嬢さんを連れて遊びにきてくれた。この間彼女に会ったのは、まだようやく寝返りが打てるか打てないか、という月齢の頃。今はもう二歳を過ぎ、三歳にまだ手の届かないという年頃で、「こんにちは」というと「木の葉っぱ！」とうれしそうに元気いっぱいで答える。近くの公園の林にドングリを拾いにいっしょに行った。ドングリはもうなかったが、木漏れ日の中、枯れ葉に埋もれた石畳を見つけては、その上を歩くのがうれしくてたまらないようす。凝縮された宮沢賢治の世界が生きて歩いているのを見るようだった。

宮沢賢治のことを調べると必ず「岩手県稗貫郡花巻町」という土地名に行き当たる（ここは彼の生地で、盛岡で過ごした学生時代や東京に一時下宿していたことを除けば、ほとんど一生を過ごした地）。稗貫、という地名は、イーハトーブとかモーリオとかいう魅力的な語感の地名を造語していた彼のイメージに、厚みのある陰影を与えるように思う。彼の童話作品に多く出てくる、飢餓や貧困に苦しむ農民たちや、荒れた土地でたくましく生い育つ穀物、脇目も振らず土に向かう姿勢などが、「稗貫」という言葉ににじんでいるように思われるからだ。彼の作品の一つ、『猫の事務所』の主人公で、かまどの中、すすだらけになって寝る「かま猫」の勤める事務所の建物のモデルが、旧稗貫郡役所とされる。

この地名自体はたいそう古く、弘仁二年（八一一年）、文室綿麻呂《ふんやのわたまろ》が蝦夷征伐終了を奏上し、和賀郡、稗貫郡、斯波郡が設置されたと『日本後紀』に出てくる。今から一二〇〇年前のことである。けれど二〇〇六年、和賀郡東和町とともに花巻市に合併し、稗貫の名は消えた。稗貫、という地名はあまり愛されていなかったのだろうか。他の消えた地名の多くにあるように、行政区画上はなくなっても町の名の上に冠して残してある、というような消え方ではない。もうどこにも残っていない。完全消滅である。

武生

たけふ　12

年の暮れが近づいて、そろそろ蕎麦の準備を考えなければならなくなった。蕎麦のおいしいところはいろいろある。たとえば、おろし蕎麦の越前。

昔、学生の頃、福井県の武生へ旅したことがあった。武生は紫式部が父親の赴任に伴って移り住んだ場所で、京の都（もしくはせいぜいその近辺の近江の地）以外で彼女が住んだ、唯一の土地である。馬借街道（西街道）という宇治拾遺物語にも出てくる古い街道が、武生から日本海まで伸びており、その古道にも行ってみたかった。当時日本海の荒波にもまれ、漂着した宋人等を国府のあった武生まで連れてくる道でもあった。外《と》つ国の風が流れてくる街道。馬借という名は、荷物を馬に乗せて運ぶ業者がいたことからついた名であり、近くには亡くなった馬を供養したと思われる馬塚という地名もあった。

行ってみると、冬場の日本海側の地方の、独特の暗さが情趣深く、格子戸の美しい町並みに心惹かれた。この武生が、蕎麦のおいしいところなのだった。平たくしっかりした麺で、蕎麦の味がする。つるつる、というよりは、じっくり噛んで味わいたくなる蕎麦だった。蕎麦の食べ方には一家言ある人が多い。関東風の粋とされる、噛むというよりは大音量とともに一気に吸い上げる蕎麦の食べ方が私は苦手で、いつもそもそとしみったれた食べ方になってしまう。言い訳をすると、蕎麦の風味が大変好きなので、しみじみ楽しみたいと思うとそうなるのだ。結局のところ、つるつるでもしみじみでも、食べたいように食べるのが一番おいしいのだろう。武生では大根おろしをかけた蕎麦が土地の名物らしく、「おろし蕎麦」の看板をいたるところで見た記憶がある。

竹が生い茂る、という意味の竹生が転じて武生になったらしい。いかにも越前らしい名まえだと思った。野趣がありつつ風雅もある。

この武生の名も、二〇〇五年、今立町と合併し、越前市となり、消滅する。

正月らしい地名

松ノ内、月若

まつのうち、つきわか　13

去年の正月、まさかああいう一年がこれから待ち受けているとは、誰も考えはしなかっただろう。三月十一日からスタートしたあらゆる課題が、ほとんど終わりのない迷走的様相を帯びて今も続いている。それでも被災地を含めあらゆる土地で続々と赤ん坊は生まれ、生命の営みは受け継がれていくし、新しい年もやってくる。

冬晴れの日々が続いている。

時折、外を散歩する犬連れの人同士の挨拶の声、犬同士の牽制する声が窓の外から聞こえてくる。飼い犬が生きていた頃は、私も朝夕の散歩が日課だった。彼女が死んで数年経つ今でも、明け方、夢うつつに雨の音を聞き、困ったなあ、と思うことがある。次の瞬間、ああ、もうそういうことは考えなくていいのだ、と思い至り、気楽さがかえってうしろめたく感じられる。犬の散歩で得ていた、彼女の視点に立った土地の微妙な高低差や、家々の醸し出す雰囲気、道から見える庭の草花の四季の移り変わりなどは、失ってみて初めて、なかなか他をもってかえ難いものであったことに気づく。地面に近いところにある犬の嗅覚や視覚には、別の世界を読み込む力があるように思われる。

兵庫県に住んでいた頃、そうやって犬連れで歩いていた正月、いつもの芦屋川沿いのコースを少し逸《そ》れ、ある町内をぐるりと回った。そこは、松ノ内町。川を越えて向こうへ渡ると、月若町。そういうめでたい名だからといって、別段景色がいいとかいうこともなかったのだが、その年、あまりメリハリのない正月だったので、自分の中だけで、小さなイベントを計画し、達成したのだった。いっしょに歩いている犬さえ（たぶん）、気づかないほどの小さな「更新力」を得て、帰途についたことだった。

松ノ内、月若。

昔元日の朝早く、若水を汲んで神仏に供えた風習も、そういう更新力への願いが形に成ったものだったのだろう。

新しく生まれた地名

四国中央市

しこくちゅうおうし　14

去年の夏、四国を東から西へ車で横断したとき、愛媛県に入った辺りで、まるで襲いかかられるように山肌が左側から迫ってきてびっくりした。急襲、ということばがふいに浮かんだ。けれど右側は、海へ向かって穏やかに平野が続いている。印象深い風景だった。行政区分では、四国中央市という辺りらしかった。四国中央市だなんて乱暴さは、いかにも平成の大合併で出来た名まえらしい。調べたらやはりそうで、川之江市、伊予三島市、宇摩郡土居町、新宮村が二〇〇四年に合併して出来た新しい市であった。そのほとんどが、以前は宇摩郡と言われていたらしい。宇摩という名は、七〇九年にすでに記録に現れている。当時のものと思われる古い古墳もある。

自動車道から降りて、地元の道に入ろうとした辺りで、さっと目の前を横切っていく濃いベージュの影があった。イタチを二周りほど小さくしたような姿形。オコジョだ。山の自然がこぼれ出たようで感激した。山々の名は法皇山脈というらしい。京都の三十三間堂が建立されたとき、ここから搬出された木材のみごとさを後白河法皇が褒めたことが名の由来、とも言われている。

海から続くのんびりとした平野に、まるで壁がそそり立つような異様な傾斜で山々が忽然と現れる。ここには有史以前、一万二千年以上の昔から、人類の生活してきた痕跡がある。彼らはきっと、自分たちを守ってくれる、あるいは乗り越えるべき存在を見るような思いで、山脈を見上げていたことだろう。宇摩の名が使われてきたのは、少なくとも千三百年以上になる。民話的な豊穣さを感じさせる、味わい深い名だと思う。最初の新市名公募でも、一位が宇摩市だったようだ。四国中央市は最下位。なのに結局お役所の決定で四国中央市になってしまった。行政的なすっきり感があるのだろうか。

南アルプス市

みなみあるぷすし

15

中央高速をよく利用する。山梨県の、甲府から韮崎《にらさき》へ向かうあたりで、南アルプス市、という名まえを案内板で目にするようになって久しい。最初はぎょっとしたものだ。誕生したのは二〇〇三年だが、未だに慣れない。一時期高原のペンションなどで有名になった清里や大泉村などをまとめて、二〇〇四年、北杜市《ほくとし》という新しい市が南アルプス市の隣に誕生したときも、その聞き慣れない響きに寂しい思いがしたものだが、斬新さという点では、やはりなんといっても南アルプス市である。これも住民投票に拠ったものではないらしく、住民の方々には複雑な思いをされている方が多いと聞く。

確かに南アルプスのおもだった山々のほとんどを擁している地域ではある。だがアルプスという名自体がヨーロッパの有名な山岳地帯の借り物なのだ。視線が山にしか行っていないような、人ごとのような響きだ。地元で使い込み、育まれた名称にあるような（昨日の「宇摩市」のように）愛着がなかなかつかないと思うのだが、実際は違うのだろうか。

考えてみれば、長い昭和が終わって、新しい元号に平成という名が決まったときも、変な感じがした。半紙に墨書された平成、という文字を見たとき、本当にそれでいいのだろうか、安っぽくはないか、もう一度考え直した方がいいのではないかと気を揉んだものだ。それでも今年で二十四年だ。さすがに慣れてきた、と言わざるを得ない。それなりに愛着も芽生えてきたような気がする。不思議なものだ。単に慣れの問題だったのだろうか。

山梨県には二〇〇六年に新しく生まれた中央市という名を持つ市も存在している。中央市。四国中央市以上に温かみのない名まえのように思うが、これも住民となれば、使っているうちに愛着が湧くものなのだろうか。

蒲郡

がまごおり

16

兵庫県に住んでいたときのことだ。その頃はよく、かなりの荷物を持って東京に行かなくてはならない用事ができ、そういうときは車で行くことにしていた。ほとんど休みなしで走れば、六時間ほどで着くはずだった。その日は、昼頃に出発するつもりが、いつのまにか夕方になってしまった。だがもっと遅くに出発し、夜通し走って明け方の富士山を見たあと東京入りしたこともある。夜明け前に着いたことも多々ある。だから、夕方出発するくらいのことに、別に問題があるとは思っていなかった。ただ、今回はいつものように名神高速を琵琶湖沿いに北上する道はとらず、大阪平野に出て、東に聳える生駒山地を突っ切り、伊賀や亀山、四日市を通って伊勢湾岸自動車道に入り、豊田、岡崎方面へ出、東名に入ろうと思っていた。奈良県や三重県の山間部を通るそのルートに以前から惹かれていたのだ。それになんだかその方が早く着くような気がした。

国道25号と重複する自動車道の名阪国道は、けれどそのとき、大変な渋滞だった。天理を過ぎて、月ヶ瀬村、伊賀の辺り、村里の風景は夕なずみ、美しかった。だが、深夜なら（妙にハイテンションになっているせいか）平気なのに、夕方という中途半端な出発時間は、自分をひどく消耗させるものだと分かった。これはだめだと見切りをつけて、途中のサービスエリアから、いつか利用したいと思っていた蒲郡の古いホテルに連絡した。高速を降り、町と村の間のような地元の道を、夕餉の食卓を囲む家々の明かりを見ながら蒲郡へ向かって走った。ホテルは海辺にあった。蒲郡というのは、水辺に生い茂る蒲を思わせる、風情のある名まえだと思っていたら、これもまた明治十一年、蒲形村と西之郡村が合併し、蒲郡村となったのだと知った。両方の村から一字ずつ取った形である。これも当時はいい加減な命名に思えたのだろうか。やはり時間の問題なのだろうか。

東近江市

ひがしおうみし　17

位置的にまちがいではないし、カタカナを使ってあるわけでもないし、耳慣れた響きもあるのだが、それはちょっと、と言いたくなる地名に、奥州市、甲州市、東近江市などがある。奥州市は岩手県南部の小さな二市二町一村が合併してできた市であるが、奥州とは、よく知られているようにもともと別名が陸奥国、今の福島、宮城、岩手、青森の東北四県と、秋田県の一部の広域を指す地名である。甲州というのも、甲斐国の別名であり、甲州市が甲府市の近くに（存在感小さく）在《あ》るというのも腑に落ちない。肩書きが大き過ぎて違和感を覚える。奥州、甲州、近江という言葉の持つ古めかしい響きに倚りかかって、実はとてもおおざっぱな命名をしているのではないか。東近江なら、規模的にも大きすぎるということはないのだが、近江の東部だから東近江でいいだろう、というのでは、あまりに元の地名に失礼だ。

あかねさす　紫野行き　標野行き　野守は見ずや　君が袖振る

額田王《ぬかたのおおきみ》

この有名な万葉集の歌は、蒲生野《がもうの》で天智天皇の時代、宮廷の人びとが薬草狩りをしていたときのものである。蒲生野は、一方に鈴鹿山脈、反対側に琵琶湖を望むのどかな野原で、そこに夕陽が射し始め、遠くから昔の恋人が自分に手を振っている。壬申の乱の前の、平和でおおらかな時代を思わせる。その名称は二〇〇五年まで、蒲生郡蒲生町という地名で残っていた。車で走っていて、蒲生町、という表示板を見るたびに、この万葉の古歌が浮かんできて、思わず口ずさんだりしたものだ。

その年、永源寺町、五個荘町など、由緒ある地名の一市四町を合併、さらに二〇〇六年には件《くだん》の蒲生郡蒲生町、神崎郡能登川町を編入して、現在の東近江市になった。車を運転する人も、地図を見る人も、ここがあの蒲生野のあった場所、とは、もう容易に結びつかないだろう。

八峰町

はっぽうちょう

18

厳冬のはずなのだが、冬真《ま》っ只中《ただなか》の気がしない。理由の一つは、寒さが昔の寒さのようでないのだ。窓から見る空も、青いのだけれども冬空のキーンとするような清澄さに欠け、どこかのんびりしている。長い晩秋が続いている、そんな感じ。「明日は本格的な寒気がやってきます」と、天気予報で脅された日でさえ、朝起きてみるとたまたまちょっと寒くしてみました、というような寒さで、本気の感じがない。

東北の昔の寒さと較べるのもどうかと思うが、昔、秋田県に八森町という日本海沿いの村があったとき——といっても五年前のことなのだが——もう物故された明治生まれの女性の取材で、その方のご長女Aさんから話を聞いたことがあった。ご長女は七十を過ぎている。ご母堂は戦後すぐに働く女性のための保育所を無償で開設した方で、若い頃から教員をなさり、八人の子の預け先に苦労された。退職された後、保育所を開いたのはきっとそのときの切ない思いがあったからだろう。いっしょに聞いていた編集者がいつのまにかぽろぽろと大粒の涙を流していた。彼女もまた、子どもを預けて仕事をしていたのだった。真冬のこと、小学生のAさんがお腹をすかせて夕方帰宅すると、朝炊いた羽釜《はがま》の中のご飯が凍りついている。固くて固くて歯が立たない。それでも食べるものはそれしかない。彼女は羽釜を抱いて走り回った。寒くて寒くてどうしようもないときは走れ、走ったら温かくなる、と母親から教えられていたからだ。八森の豪雪を私も経験したが、吹雪いているときは上から降っているのか、下からか横からか、まるで見当もつかないくらいの別世界だ。

八森の近くには白神山地がある。重なる山々を見上げて、八森、と呼んだのだろう。日本海に沈む夕陽の美しい村だった。平成十八年、八森町は隣の峰浜村と合併し、新しく八峰町が生まれた。まだ初々しく聞き慣れないけれども、この地名はすぐになじんでいきそうな予感がする。

温かな地名

日向《ひゅうが》 19

日向が温かな地名という印象を受けるのは、もちろんその字が持つ意味そのままなのだが、実はある思い出が強烈にこの地と結びついている。

二十四年前の旧盆の日、私は国道10号線を北上して、日向を目指していた。日向から出るフェリーに、車ごと乗ろうとしていたのである。初めての土地だったし、旧盆でもあったのでどのくらい時間がかかるか予想がつかず、しかもそのとき、まだ一歳にも満たない赤ん坊を連れていた。出航の時間には余裕を持って出発していた。その日私には気がかりなことがあった。赤ん坊のおむつが朝から一度も濡れていないのである。港へは早めに着いたが、時折苦しそうに息む赤ん坊を見ていると、今、ここで何か手を打たないと、船に乗ってからでは間に合わない、と焦った。港の人に相談すると、ここなら、という病院を紹介してくれ、連絡まで取ってくれた。「旧盆なので病院もお休み、先生もご家族の宴会の途中だったようですが、そういうことなら、と」。自分で運転するよりも、と土地勘のある地元のタクシーに乗り、その病院を目指す。タクシーの運転手さんも事情を知り、あの先生なら、と太鼓判を押す。けれどお休み中、ご迷惑をかけることになる。不安と申し訳なさ。夕暮れの迫る、初めての日向の町並み。

タクシーが病院の敷地内に入ったとき、車寄せのところに少し上気された白衣の医師がおられるのが見えた。「ほら、先生、ずっと立って待っててくださったんだ」。運転手さんの声が誇らしそうに車内に響いた。私は胸が熱くなった。それからの温かいご対応、的確な診断。謙虚なお人柄の背後に、数多くの臨床例を見てきた経験がほの見えた。医の原点を見る思いだった。お代を、という私に、今は休みで会計もいないし、そちらもお急ぎだろうから、と固辞された。医師の名は、渡邊康久先生。あのとき、そこだけ明かりのついた車寄せに、お一人でぽつんと立っておられた。その温かさの滲むお姿は、これから先も決して忘れないだろう。年賀状は今も続いている。日向は、私にとってそういう土地である。

日ノ岡　ひのおか　20

京都市の三条通をずっと東へ、山科方面へ行くと、やがて日ノ岡峠と呼ばれる坂道になる。そこを抜けると京都盆地から山科盆地に入ったことになる。日ノ岡峠は東山山系の一角であり、京都市内から見て東山山系は東側の盆の縁のようなところだから、山科盆地からすれば西側の盆の縁である。つまり、午前中、山科側から眺めれば、昇る朝日をいっぱいに受ける山腹であり、午後、京都側にいれば沈んでいく夕日に染まる山である。

その日ノ岡に、日向大神宮という神宮がある。ひゅうが、ではなく、ひむかい、と読む。

京都市で最も古い神宮だが、大神宮という名の厳《いか》めしさからはほど遠い、実に素朴な神域。山そのものの窪地《くぼち》やでっぱり、高低などを利用して、古木や羊歯類《しだ》の生い茂る、深い緑の中に生えてきたように境内社群がある。伊勢神宮のように、外宮に内宮、天照大神を始めとしてしかるべき諸神の宮、荒《あら》祭宮《まつりぐう》まであるのだ。

いわゆる観光コースとは外れているらしく、いつ行ってもほとんど誰もいない。冬なら日だまりの中を、夏なら緑陰を吹き抜ける涼しい風を楽しみながら散策できる。

日向大神宮へは、日ノ岡峠のスタートする辺りから、三条通を逸《そ》れて鳥居をくぐり、小さな坂を上る。その辺りもまた、蹴上《けあげ》という、面白い地名になっている。三条通は旧東海道。「蹴上」の語源は、奥州へ旅立つ源義経にまつわる伝説かららしい。ある武士の馬の蹴り上げた泥が義経の衣服にかかった。怒った義経が、その武士と従者の一行九人を斬殺した、というのである。

なんと短気な、と呆れるが、本当だとしたらよほどの事情があったのだろうか。後の世の作り話だとしたら、物語を欲する人の想像力は凄いものである。

その九人を弔ったと言われる九体町という町が以前にはあり、義経が血のついた刀を洗ったという血洗町《ちあらいちょう》は今でも存在する。

椿泊

つばきどまり　21

北海道に生まれ育った方が東京へいらしたとき、いっしょに周辺の山を歩いた。

彼女がスギを見ては感動し、ツバキを見ては立ち止まるので、改めて北海道にはスギもツバキも生えないのだとしみじみ感じ入った。彼の地では北欧のようにモミやトウヒの仲間（トドマツやエゾマツなど）は元気よく自生するが、スギは、津軽海峡を渡れないようだ。ツバキやサザンカなどの照葉樹も同じ。小暗い照葉樹林帯を里山として育った私にとって、同じ日本語を話すのに、彼女はまるで異文化圏の人なのだ、とそのことがなぜだかよく分からないが嬉しい。異文化交流の可能性の奥行きを感じさせるからだろうか。

確かに古代の大木として有名な縄文杉は屋久島のものだし、ツバキの原産地として有名な伊豆大島は、周囲を黒潮の流れる温暖な地である。そしてそれらは北海道には生えない。

四国徳島県の阿南市、黒潮を望む半島の先の方に、椿泊という小さな漁村がある。どれくらい小さいかと言うと、古い木造の民家が互いに軒を連ね、また向かいあう、その道路の幅がおおよそ二メートルほどなのだ。それも真っすぐではない。くねくねと曲がっている。驚くことに、この道を車が通る。しかも一方通行ではない。迷い込んで、とんでもないことになったと青ざめている旅の車をいたわるように、地元の車がうまく離合《りごう》を誘導する。もっとも、この路地（？）に入る前に駐車場があり、前もって事情が分かっている人は、そこに車を停めて散策する。昭和初期かそれ以前に建築されたと思われる家々は、一階も二階も、窓にはすべて欄干がついている。これがそれぞれに凝ったつくりで、ゆかしい情趣が漂う。潮風もここには加減して入ってくるのか。阿波水軍の本拠地だったそうである。都との行き来もしょっちゅうだったのだろう。瀟洒《しょうしゃ》な文化と、温かな気風が、椿泊という名に凝縮されている。

小雀　こすずめ　22

東京都三鷹市に、年上の知人が住んでいる。知人の家は下連雀にある。上連雀、下連雀と上下に分かれてはいるが、そもそも三鷹という地名の中に鳥のタカがいて、さらに（群れで渡りをする鳥の）レンジャクと続くのだから、鳥好きの私には嬉しい地名だ。

同市にある国立天文台キャンパスの敷地は、小高い丘の上にあり、長い年月開発の手が入っていないので、植生には本来の武蔵野の面影が宿る。昔は関東地方に多く自生し、今は滅多に見られないヤマユリが咲いているのも見た。

横浜市戸塚区小雀町にある、小雀公園でも、同じヤマユリを見たことがある。地元の人しか知らないような小さな公園だけれども、雑木林あり、池ありで、本来の生態系が程よく保たれているという話を聞き、アズマヒキガエ

ルなどを見に行った。

けれどそこに行こうと思ったのは、そもそも小雀という名まえに惹かれたことが大きい。私は以前、英国の小さな雀の本を翻訳したことがあった。愛らしく誇り高く、けなげな雀の実録だった。小雀という言葉に敏感に反応するのはそのせいかもしれない。

電車を乗り継いで、駅からバスに乗った。バスの名は、「小雀乗合バス」。もう、嬉しくてたまらない。小雀バス停もある。小雀小学校まである。なんとかわいらしいのだろう。小雀小学校の子どもたちは、つまり、「雀の学校」の子どもたちということか。心が温かくなるネーミングである。温かな地名、には違いない。けれどいったいどういう由来か、と不思議である。昔話の「雀の恩返し」にでも関係があるのだろうか。確かに行ったのだが思い出すだに夢を見ていたような心地がする。少しばかり翻訳のまねごとをして雀のことを紹介したので、律儀な雀がねぎらって招いてくれたのだろうか。公園の池には葦原《あしはら》もあり、初夏には蛍も出るらしい。エア・ポケットの里山のような不思議な土地だった。

生見

ぬくみ　23

奄美大島出身の、今は亡き友人に、奄美大島でカヤックをやるとしたらどこがいいだろうと相談したことがあった。友人はちょうど故郷でそれを体験してきたあとだったので、静かなマングローブの林のなかを、鳥の声を聞きながらゆっくりと漕いでいくことの清々しさを、実感を込めて語ったものだ。

よく知られているように、マングローブは熱帯から亜熱帯の、潮の満ち干がある河口域などに見られる森林である。何が出てくるか分からない密林やジャングルのイメージがある。マングローブの林は不思議である。言ってみれば、何本もの足を持っている木が（つまりそれは根っこであるわけだけど）人の群れのように水中に立っている。生態系の豊かさも特徴的だ。友人が聞いた鳥の声というのはアカショウビンの声だし、珍しい貝類や昆虫、大東島ではダイトウオオコウモリの塒《ねぐら》にもなっているそうである（まさに、密林、そのものだ)。

マングローブがそういうものだということは、何となく知っていたので、小学生の頃、遠足で喜入《きいれ》の生見海岸に行き、「ここにあるのは特別天然記念物のメヒルギ。マングローブを構成する植物です。ここが、そのメヒルギの北限の地です」と説明を受けたとき、とてもびっくりした。鹿児島県は本土最南端の県なので、他の県からすると温かいのだろうな、くらいは見当をつけていたが、まさかマングローブが生育できるほど暑いのだとは思わなかった(後年、他の土地に住むようになって、鹿児島にも冬には雪が降ると言うと、たいそう驚かれたものだが)。

その海岸のあった村の、生見、という名の語感もまた、温かいイメージをかき立てるものだった。今では鹿児島市に編入されたらしいが、当時の感覚では(多分今も)はるかに指宿《いぶすき》市に近い印象がある。室町時代には奴久見《ぬくみ》という名で記録に残っている。生見という字が用いられ始めたのは江戸期かららしい。

峠についた名まえ

善知鳥峠

うとうとうげ

24

カムチャツカの沖合遥か、オホーツクの海に浮かぶ無人島へ行ったとき、まるで夕焼けの秋空に群れ飛ぶ赤とんぼのように、エトピリカやウトウたち、ウミスズメの仲間が乱舞しているのを見たことがあった。ウミスズメの仲間は、ぼってりとした小型のペンギンのような風情で、真面目ぶった顔に、鮮やかな長い飾り羽をつけているものが多く、一目見たら忘れられない印象深い鳥たちだが、日本ではほとんど見られなくなった。夢を見ているようで感激した。

その後、能の「善知鳥」に出てくる親子の情の深い鳥というのが、まさにウトウのことだと知って、意外に思った。いくら昔のことだからといって、ウトウがそれほど身近な鳥だったとは思えなかった。それに、なぜ「善知鳥」をウトウと読ませるのだろう。

調べると、葦の生えるような場所に住む鳥だから、ヨシチドリ、というのが善知鳥になったのではないか、という説があった。だが、ウトウは「葦の生えるような場所」には住まない。崖のような地形の、剝き出しの地面に穴を掘って巣とし、昼間は海上で暮らして、夜はその巣穴に帰ってくるのである。調べればその他いろいろな説があったが、昔、畑を荒らしたチドリを悪知鳥、海上で魚を捕り、大漁の目印になってくれたチドリを善知鳥と呼んだ、という説が、最も信憑性《しんぴょうせい》が高かった（けれどなぜウトウと発音するかは分からない。アイヌ語由来説もあるが）。その漁で潤った村を善知鳥村、これが後の青森市になったらしい。その珍しい善知鳥の雛を捕り、都で売ろうともくろんだ男が、息子とともに長野県塩尻近くの峠を越えようとした。猛吹雪になった。翌朝、村人は凍え死んだ男と、雛を心配してずっと一行を追っていた善知鳥の親の死骸を見つける（息子と雛は、それぞれの親に庇われ、無事だった）。そこでその峠の名を、善知鳥峠と名づけたというのだが。

その真偽はともかく、この峠の、南に降った雨は太平洋へ、北に降った雨は日本海へ向かうのだそうだ。

星峠　ほしとうげ　25

棚田のある風景が好きで、時折見に行く。夏は水田を渡る風が緑の波をつくり、秋には長い陽の光が稲穂を黄金色に輝かせる。こういう風景に深い喜びを感じるのは、農耕民族ならではだろう。見て楽しむ方は気楽なものだが、維持する方は大変だろうと思う。棚田は山の斜面を利用してつくる。山肌から流れ出る雨水を一旦それぞれの田で引き受け、一挙に麓に押し寄せにくくするので、治水効果が高いのだそうである。天然のダムの役割も果たしているのだった。

戦後の食糧政策の影響で、水田の数が激減した今、平坦な土地は大抵何かに転用されてしまい、利用価値のない棚田が残っている、というのは皮肉なことである。が、それも維持する人びとの高年齢化で、風前の灯《ともしび》ではあるのだが。水生昆虫にしろ貝類にしろ、かつて水田が養っていた生命の数は膨大なものであった。だが今、初夏の田圃に行って見られるのは、アメンボとカエルになりかけたオタマジャクシくらいで、ゲンゴロウはおろかタガメすら目にしない。だからそれらを食糧とする日本産のトキやコウノトリはかつて絶滅にまで追い詰められたし、目に見えない土壌中の微生物に至っては、どうなっているのか空恐ろしいばかりだ。棚田を見ると、懐かしさと切なさのミックスした複雑な気持ちになるが、とりあえず、今、見ることのできた感謝の念が涌《わ》き起こる。

新潟県の十日町市にある峠を登り切ると、眼下に息を呑むような美しい棚田が広がる。朝早い時間であれば、山々の間から朝靄が涌き起こり、それが棚田の上に次第に広がっていく幻想的な風景に出会える。夜は行ったことがないのだが、星空も素晴らしいのに違いない。そう確信するのはその峠が星峠と名づけられているからだ。昔はきっと、暗い峠道を登り切った旅人が、真上に開けた夜空の星々の輝きに思わず足を止めたことだろう。そんなことを連想させる名まえだ。

月出峠《つきでとうげ》 26

今年はまだオオワシを見ていない。この正月休みに北海道の東部へ行った友人がオオワシやオジロワシに出会ったと、嬉しそうに報告してくれて、それはよかった、と喜んだものの、自分がまだ会っていないことが、ちょっと寂しい。冬場、カムチャツカから、北海道、千島列島へ渡る個体が大部分のワシたちだけれど、本土へ渡ってくる個体もある。私が彼らに出会った最南の地は、琵琶湖である。琵琶湖も水質悪化が叫ばれて久しいが、奥（つまり北）の方へ行けば、それでも比較的水はきれいだ。奥には大きめの岬が二つあり、それぞれのつくる湾（と言うべきか、入り江と言うべきか）には、冬場なんと一羽ずつ、オオワシとオジロワシが陣取っているのだ。

余呉湖の近くには鷲見村という、今ではもう廃村になってしまった村があった。山に囲まれた小さな集落だが、鷲見という名を考えると、もしかしたらオオワシはずいぶん大昔からこの地へ飛来していたのではないだろうかと思う。ワシはいつも個体で行動するし、親子で渡りをすることもないが、気流か何かの不思議なコースがあって、それを使って琵琶湖までやってくる個体が、時折、出てくるのかもしれない。

オオワシは、琵琶湖で増え過ぎたブラックバスや水鳥を捕まえて、近くの山にある塒《ねぐら》まで飛び帰り、なじみの木の上で食べる。地元の人は、両翼を開いたときの長さが二メートル半にもなるオオワシの飛び姿について、「まるで畳が飛んでくるようだ」と語る。実際、ぐんぐん近づいてくるオオワシの迫力は怖いほどである。

オオワシのいる入り江から、オジロワシのいる入り江に移ろうと、ある坂道を上り切ったとき、深い群青の湖面や、すっと立ち上がる山が見えた。羽柴秀吉と柴田勝家の戦った古戦場として有名な賤ヶ岳だった。血腥《ちなまぐさ》い戦いのあったその昔もまた、オオワシは人間の営みとは無関係に飛び続けていたのだろうか。峠の名まえは月出峠。月は変わらず静かに昇っていただろう。

冷水峠

ひやみずとうげ　27

鹿児島市の小、中、高校には毎年十月下旬の頃になると、妙円寺詣《みょうえんじまい》りと称し日置市伊集院町まで二十一キロを歩く習わしがある。関ヶ原の合戦の折、敗北した西軍に与していた薩摩軍は、過酷な状況の中、凄《すさ》まじい犠牲を出しつつも帰還した。妙円寺というのは、そのときの将、島津義弘の菩提寺である。いわば、リメンバー・パールハーバーならぬ、リメンバー・関ヶ原という記念行事なのだ。学校に通う生徒、児童だけでなく、市井の老若男女、連れ立って、あるいは一人で、思い思いに「妙円寺詣りの歌（二十二番まである）」を歌いながら、歩く。

これをどう考えるか（執念深さと捉えるか、先祖の苦労を忘れまいとする儒教的精神と捉えるか）、ということは措《お》いておいても、秋もたけなわの頃、ススキが風になびく薩摩街道の山野を延々歩く、というのは、私の街道好きのきっかけになった経験だ。

薩摩から京、江戸を目指す場合、航路を取ることもありうるが、陸路を取る場合も多々あり、その行程も、薩摩街道のみ、というわけではなく、いくつかの選択肢がある。それらを組み合わせつつ、ちょっと険しいけれど人目につきにくい隠密風コースとか、名物のあるような宿場を伝って行く王道コースなど、時代によって流行《はや》り廃《すた》りもあっただろう。

東海道に箱根の険があるように、どの街道にも必ず難所と言われる峠がある。冷水峠もそうだ。

薩摩街道と日田街道、長崎街道の交差する宿場、山家《やまえ》宿にはいつか行ってみたいと思いつつ、なかなか果たせないでいる。冷水峠はその向こう。往時の石畳も残っていると聞く。伊能忠敬やシーボルト、数多くの有名無名の人びとが、時こそ違え、同じ場所を歩いていったのだ。通る人がなくなると、道は消える。それは実際、私自身もいろいろな街道で目にしてきた。藪のようになり、草木が生い茂り、山に戻っていくのである。人が使わないので廃る、というのは世の習いでもあるのだろう。だが無性に焦る。歩かなければ。

杖突峠

つえつきとうげ

28

　前回、人が歩かなくなった街道は道が消えていく、と書いたが、その意味では長野県の諏訪から静岡県の相良に至る秋葉街道も、場所によっては風前の灯《ともしび》である。これだけの長さの街道が、地図上の大部分をほぼ直線に近い状態で続いているのは、滅多にないことなのではないだろうか。日本海と太平洋を繋《つな》ぐ、塩の道の一つでもあり（街道の途中には、鹿塩《かしお》という地名もある）、静岡県側にある、秋葉山という信仰の山への参詣の道でもあった（山の頂上には火防《ひぶせ》の神を祀《まつ》る神社がある）。地図上では直線でも、歩くと山脈と山脈の間を縫うように小径がついているので、暗い渓谷の道が延々続いたかと思えば、突然恐ろしくなるほど荘厳な山々の峰が、思わず挨拶をしてしまうほどすぐそこに見えたりする。気づかぬうちに登山並みにずいぶん標高が高いところを歩いていたのだ。もちろん、すべてを歩き切ったわけではなく、近くまで車で来た折々に、迷いつつところどころ、歩いただけなのだが。有名な峠は、青崩峠《あおくずれ》、地蔵峠など。二つとも、車はおろか、歩くことさえ困難である。

だが諏訪湖近くの茅野市から車で登ることのできる峠があり、これは中央地溝帯が走っているその現場であるから、盆地から急坂になっている。大曲、七曲、とカーブが続いて、峠の茶屋からは諏訪湖周辺と八ヶ岳、北アルプスなど周りを囲む山々が一望でき、天気がよければ圧巻である。冬ならば、山々の稜線《りょうせん》が白く浮き出ている。

この杖突峠というのは、杖なしでは登れない難所なのでついた名称だろうと思い込んでいたが、峠の西側にある守屋山が諏訪大社のご神体で、そこから降りてきた神が杖をつくところだから、というのが本来の由来らしい。乱暴な言い方だが、地質的に日本を縦と横に分けたライン、中央構造線と中央地溝帯が交わる辺りでもある。諏訪大社の御柱祭《おんばしら》や御神渡《おみわた》りなど、神霊を鎮める祭りや神事が多いのは、やはり人びとが古代から、人知を越えた巨大な力の存在を感じ取っていたからだろう。

岬についた名まえ

宗谷岬

そうやみさき　29

地図で見ると正方形に近いひし形の、それぞれの角をきゅっと引き延ばしたような北海道の、そのてっぺんの角は、よく見ると猫の耳が二つ立っているような形をしている。向かって右の耳の方が若干高い。それが日本最北端の地で有名な宗谷岬、左の耳が、宗谷岬に較べると地味だが寂しげな灯台が印象的な野寒布岬である。どちらも稚内市にある。野寒布岬の根元の方にある稚内港からはサハリンへのフェリーが出航する。五時間半でサハリンのコルサコフ港に着く。

そのフェリーに乗っているとき、数頭のイルカの群れが、フェリーと並行して泳いでいるのを見た。

南から北上してきて日本列島に沿い、その途中、太平洋へ出るのが黒潮の本流だが、東シナ海沖で壱岐対馬の方へ流れる傍流もある。対馬暖流だ。その流れは日本海を北上し、途中、津軽海峡を太平洋側に回る津軽暖流、さらに宗谷海峡を知床方面に向かって回る宗谷暖流に分かれる。だから、知床辺りでは、時折、あの辺りには絶対にいるはずのない熱帯性の魚の死骸などが流れ着いたりすることがある。つまり、宗谷海峡は、想像するほど冷たい海峡ではないようなのだ（冷たいことは冷たいのだろうが）。

甲板でイルカを見たあと船内に入ると、外側のガラス窓の隅に、蝶の仲間が静止していた。それを見た瞬間、自分のすべての動作が止まった。

「てふてふが一匹韃靼《だったん》海峡を渡つて行つた」

これはよく知られている安西冬衛の「春」という一行詩だが、多分この詩が念頭にあったから、韃靼海峡（間宮海峡）に近い宗谷海峡で、船の窓にへばりついて休んでいた蝶にあれほど感慨を覚えたのだろう（それにしても、あの蝶はどこへ渡ろうとしていたのか？）。

晴れた日、宗谷岬からは、その海峡を隔てて、サハリンの陸地が見える。

禄剛崎

ろっこうざき　30

禄剛崎、という名まえの由来について、二日がかりで調べたのだが、結局分からなかった。

禄剛崎は石川県能登半島の突端部分にある岬である。条件が良ければ佐渡島まで見えるらしいが、私が行ったときはあいにく見えなかった。けれど、日本列島の真ん中辺りから、まるで潜水艦の突出した部分のように飛び出している能登半島の、さらに突出した部分であるから、そこから見る海の広いことは、ほとんど地球がどんな具合に丸いかを認識させられるほどだ。水平線が湾曲しているのが分かる。海からの日の出も海への日の入りも、同じ場所から見える。

禄剛崎へはバスで行き、狼煙《のろし》バス停で降りた。禄剛崎は狼煙町にあるのだ。狼煙という名まえの由来なら分かった。禄剛崎沖は古代から海運の要所であり、北海道、東北の物資を上方（京、大坂）へ運んだ北前船が航行するルートでもあった。曲がっている能登半島の内浦と外浦、二つの潮目の生じる場所でもある禄剛崎沖は航行の重要なポイントで、昔から狼煙を上げて、航行の助けとしていたのだそうだ。それが「狼煙」の由来。

今は明治十六年に設置された灯台がある。目の前が海なのに海抜四十八メートル。つまり、断崖絶壁の上に立っているのだ。だから、灯台だけ見ると、ずいぶんずんぐりした背の低い建物に見えるが、沖行く船に信号を出すには十分な高さになっているのである。

断崖の下は鬼の洗濯板のような千畳敷。落ちたら痛いだろうな、とちらりと思う。そこまで徒歩で登ってくる間には、地元の人びとの丹精した畑や花壇があって、急坂ではあったがなんとなく浮き浮きした気分になったものだ。断崖の上からは、能登半島独特の黒い瓦が軒を連ねた家々も見えた。こんな、広い広い海、しかも冬場は信じられないくらい荒れ狂う日本海を目の前にして、日々を送る心の風景とは。禄剛崎の名の由来も分からないままだ。

樫野崎

かしのざき

31

関西でカヤックをしていた頃、紀伊半島にしばしば出かけた。紀伊半島の岬と言えば、何と言っても黒潮に向かう潮岬《しおのみさき》（和歌山県串本町）である。本州最南端の岬。その潮岬から東へ行くと、大きな橋が海に架かっていて、渡ればそこは紀伊大島。大島の名にふさわしく、ツバキが多く自生している。それから（島内を）さらに東へ進むと、やがて左右から海が近づいてくる感覚があって、とうとう海へ出たな、と思えば、そこは樫野崎。潮岬には一八七三年に灯台ができたが、樫野崎ではそれより早く、一八六九年に、日本最古の石造り灯台の建造が着手され、翌年には完成している。諸外国からの要請で、英国人技師らによって建てられた灯台である。一八六九年と言えば、開国間もない頃だ。熊野灘を航行する外国船は、よほど危ない思いをしていたのだろう。

私が行ったときは冬の終わり近く、水仙が一面に咲いていた。なんでも、この水仙は、灯台建設に呼び寄せられた英国人たちが、本国を懐かしんで植えた水仙の末裔らしい。確かに水仙は、英国の早春に欠かせない花だ。そして日当りのよい海辺の丘くらい、水仙に適した土地はない、といっていいだろう。とすると、あの水仙たちは、百四十年以上も樫野埼灯台の周辺に根を張っているのである。

だがそのとき樫野崎へ行った目的は、水仙ではなかった。一八九〇年、トルコの軍艦エルトゥールル号が嵐の中、樫野崎近くで座礁、船長以下五八七名が死亡するという悲惨な事故があった。当時樫野崎近くの漁村に住む住民たちは献身的に救助、介護に当たった。そのときのことを未だにトルコ国民は恩義に感じてくれ、それが一九八五年のイラン・イラク戦争時、イラン在住の日本人の救出を、トルコが買って出てくれた（トルコ航空機を派遣）伏線になっている。その出来事のもととなった、樫野崎の海を見たいと思ったのだった。一八九〇年——水仙はそのときすでに、この土地に根を張っていたことになる。

佐田岬

さだみさき　32

四国の地図を見ると、左肩下がり気味のところ、タコの足を乾涸びさせたような細いヒモ状の突出部分が見える。長さ約四十キロ。日本で一番細長い半島。幅は一番細いところでは一キロほどだという。岬の先へは昔は海伝いにしか交通の手段がなく、その海路も難所続きというので、正真正銘陸の孤島と言われていたらしい。やっと通った国道も、細く険しく離合《りごう》が難しく、「国道197」を「酷道行くな」と呼んでいたそうだ。それも今ではすっかり整備されて、右に左に次々と、うつくしい海岸と海原（瀬戸内海と宇和海）が展開するドライブウェイになった。

ずいぶん以前に、ミサキ（ミは接頭語）のサキ、あるいはサクという言葉には、目の前でどんどん展開していく景色、新しく開けていく状況、というような意味がある、と何かで読んだことがある。咲くにしても、裂く、にしても。大地が裂けて、新しい芽吹きが展開するような、そういう変化にとんだ先端性のようなもの。目的のために押し進められる力。

さきへ、さきへと岬の先端まで辿り着いて、鳥ならば飛べもしよう、魚ならば泳ぎもできよう、けれど人は、そこからどこを目指すのか。岬に辿り着いた人は、一様にしばらく声もなく呆然と海の彼方を眺める。

さあ、ここまでだよ、と限界を知らされることは、人にとっての救いではないだろうかと、行き過ぎた文明の末路が目の前にちらつくようになったここ最近、特に思う。もうここから先は行けないのだ、と悟ることは、もうここから先に行かなくてもいいのだ、という安堵にすり替わる。

尤もそのとき私は、国道197号の四国側終点三崎港からフェリーに乗り、さらに佐田岬半島の先端部分に沿いつつ、遥か対岸の佐賀関半島の関崎へ向かったわけなのだが。そんな綱渡りのようなことをして、きっと人類はそれでもなんとか先へ進もうとするものなのかもしれない。

長崎鼻

ながさきばな

33

長崎鼻は薩摩半島最南端の岬で、すぐ近くに薩摩富士とも呼ばれる開聞岳が見え、また海に開けた風光明媚なところだから、当然ながら観光の土産物屋等も軒を並べ、一昔前のテーマパークといった趣で、偏屈な子どもだった私にはにぎやかで世俗的なイメージがあり、苦手なところだった。

鼻、は端にも通じ、九州では岬の代わりに鼻を使うことが多いのだというのは知っていたが、今回調べてみたら、「長崎鼻」という地名は、この指宿《いぶすき》市のものをのぞいても、九州だけで四ヶ所もある（長崎県対馬市、同佐世保市、熊本県天草市、大分県豊後高田市）。千葉県と香川県にも一つずつある。長崎鼻とは、「崎」、と「鼻」がくっつき、それが「長」いというのだから、それぞれよほど「岬」性のようなものを強調したくなる地形なのだろう。

そもそもハナが、端っこに突出しているという意味なら、「花」だって、先へ先へと目まぐるしく変化していった植物の先端部分、という意味合いもあったに違いない。けれど地名の最後が花で終わる岬は、今考えても思いつかないから、ハナという発音の持つ端っこ性は、全国的に鼻が受け持つことになったのだろう。

ハナ（端）から、という言葉がある。周知のようにこれは「始めから」、という意味だが、もしかしたら、「ハナ」には、「ここから始まる」という、先端部分のイメージがあるのかもしれない。「ミサキ」に、辿り着いた終点の地、というおしまいの先端部分のイメージがあるのに対して。

そういうふうに考えると、長崎「鼻」は、なんだか南島からやってきた人びとが上陸してくる、南からの視点があるようだし、対岸の大隅半島の佐多「岬」には、本土からやってきた人びとが呆然と地の果てを眺めている、北からの視点があるように思えてくる。だから、「鼻」のつく海に面した土地が、九州に多いのではないか、と思うのだが。

長崎鼻にもずいぶん行っていない。今行けば、きっと楽しめるだろう。

谷戸と迫と熊

殿ヶ谷戸

とのがやと　34

関東に住むようになってから、ずっと気になっているのが「谷戸《やと》」の存在である。場所によっては、「谷津《やつ》」とか「谷《や》」とか呼ばれる。森に覆われた小さな尾根と尾根の間に挟まれた窪地《くぼち》で、小規模な扇状地的地形。あるいは丘陵地の谷間、アニメーションの『となりのトトロ』に出てきそうな里山風景、といったら想像しやすいだろうか。

幼い頃の鹿児島では桜島、京都では比叡山、滋賀では比良山脈に三上山（近江富士）、芦屋では六甲山と、自分の中の方位決定基準点とも言える山々をたよりに外を出歩いてきた私には、「東京には山がない」という事態は、どうも落ち着かないものだった。けれど、山がないと言っても、坂は多いのである。都心部すら真っ平ら、ということはなく、けっこう「うねって」いるのだった。そして郊外に行くとそのうねりはもっと大っぴらになって、多摩丘陵や狭山丘陵などが隆起してくる。谷戸はそういうところに出現する。湧き水が小川をつくり、田畠を耕作しやすく、水害もほとんどない。小集落が落ち着いた暮らしを営むのに格好のロケーションだったのだろう。

東京都の国分寺駅から歩いて数分のところに、殿ヶ谷戸庭園という公園がある。ここは武蔵野の植生や起伏に富む地形を生かしながら野趣にとんだ造園をしているところで、冬場はセツブンソウ、春にはカタクリやクマガイソウなど、今は滅多に見られない野草が、観察できる。駅のすぐそばで自然に咲いているのが(便利だし)感慨深い。紅葉の美しさは格別だ。

大昔、多摩川の浸食によってつくられた河岸段丘をハケと言い、ここもその一部で、美しい清水の湧き出る池を持つ。庭園の名の由来は、ここが昔、国分寺村殿ヶ谷戸という地名だったからというのだが、なぜ、それが殿ヶ谷戸と呼ばれることになったのか、ということについての言及には未だ出会っていない。

小さな谷戸

35

谷戸《やと》はバス停などにまだ名を残しているところもあるが、多くは五十年ほど前に新しい地名に変わり、消えていったものも多い。関東の中でも神奈川県は比較的○○谷戸が多く残っている。私が感銘を受けたある谷戸には、もともとその地所の持ち主の方のお名まえがついていた（武田さんだったら武田谷戸、とか。もしくは大昔、その谷戸名にちなんで住んでいる家の姓が決定されたということもあったかもしれない）が、住所表記からはすでに消えてしまっている。仮にO谷戸としよう。

O谷戸の農家に戦前お嫁にきたOさんは、谷戸の風景をこよなく愛しておられた。山のあちこちで穏やかに煙をたなびかせる炭焼窯。赤く熟した柿の実が映える草葺き屋根の家々。坂にある湧き水がつくる小川に遊ぶサワガニたち。だが、昭和四十年のあるとき、測量技師たちが谷戸を訪れてから状況は一変した。この谷戸の真ん中を弾丸道路が通るというのである。Oさんを始め、当時はみな、何のことだか分からなかったが、工事が始まり破壊されていく風景を目にすると、とりかえしのつかない事態の深刻さを悟った。けれどOさんは諦めなかった。

ブルドーザーが入る予定の山林から、とりあえずエビネラン、クマガイソウなどを自分の地所に移植した。工事と競争するようにその作業を続け、植物たちを守り抜いた。

今、お宅を訪ねると、庭の端には、東名高速道路中、最も交通量が激しいと思われる地点の防音壁が、まるで塀のように立っている。が、その塀一枚こちら側は、キンラン、ギンランなどがひっそりと咲き、静かな竹林にはシャガが咲き、春には柔らかくおいしいタケノコが顔を出す桃源郷である。その高速道路をしょっちゅう行き来していた時分の私には、排気ガスに染まった灰色の塀の向こうにこういう世界が広がっていたとは想像すらつかないことだった。奇跡の庭である。

水流迫　つるざこ　36

「迫《さこ》」は、東日本で使われる「谷戸《やと》」や「谷《や》」の代わりに、同じような条件の土地を示すのに西日本で多く使われる地名（や、地名の一部）である。広辞苑では「（関西・九州地方などで）谷の行きづまり、または谷。せこ。」とある。だが地形的には確かに「谷戸」とよく似ているが、状況が急迫しているただならなさが、「迫」にはある。

すぐそこまで差し迫る山。夜の闇の深さも半端ではない。だが谷戸と同じように水に恵まれ、山の幸にも恵まれる。里山、というよりももう少し山に近い。けれども明らかに山ではない場所。ここまでは人の住むところ、そこから先は人外のもののテリトリー。そういう境界性が、「迫」という一字ににじみ出ている。

この一字だけを使った地名は、奈良県川上村、大分市にもあるが、同じように「迫」、と書いて「はさま」と読ませる地名なら、滋賀県や愛知県にもある。やはり、山の狭間、という意味だろう。○○迫という地名は、南九州の都市の郊外、山の際によくある地名だ。

宮崎県小林市にある水流迫は、古代から川に沿って開かれた集落で、地下式横穴六基が発見され、小林古墳として昭和十四年に県史跡に指定された古い歴史を持つ土地である。江戸期から明治二十二年まで水流迫村と記録され、以後現代まで、大字として水流迫の地名が残っている。

水流をツルと読むのはなぜだろう。桑水流、上水流、下水流など、南九州にそういう名字が多いように思う。関東の方に都留という地名があり、これもツルと読ませるが、関係があるのだろうか。それは鶴や蔓とも繋《つな》がってくるのだろうか。

こういうことを考え始めたらきりがなく、ああでもないこうでもない、とほとんど丸一日が過ぎていく。古代の人びとの心情に近づこうとして、気づけば締切が過ぎていく。

唐船ヶ迫

とうせんがさこ　37

前回までに、関東以北で使われる谷戸《やと》という名は、水の湧き出る小さな谷間を指す、と書いたが、これは『常陸国風土記』に出てくる原野の神、夜刀《やと》の神《かみ》に由来するという説がある。それもまた想像を駆り立てる。時の権力にまつろわぬ土着の神を山へ追いやり、以後低地に出てこぬよう神として祀《まつ》ったということらしいが、同じ地形を指す、西日本、特に九州で多用される「迫」には、そういう「征服する」概念が希薄に思う。命名者が「征服される」側だったからか。

谷戸もそうだが、迫も、今では字名として残るばかりで、それだけにローカル色の極まったリアリティがある。

鹿児島県指宿《いぶすき》市にある唐船峡《とうせんきょう》は、湧出《ゆうしゅつ》する水が豊富で、谷間を埋めて流れるほどだった。今でもその深い谷間に降りると、真夏でもひんやりするほど涼しく、水は清らかで冷たい。スギの大木の林から湧出してくるらしい。

昔、ここがフィョルドのように深い入り江であった頃、唐船が出入りした(のか、できるほど深い、と思ったのか分からないが)云々から、付近は唐船ヶ迫と呼ばれていたという。命名はそれにちなんでのことらしい。ソーメン流しの発祥の地でもある。

豊富な水資源を利用し、竹樋《たけどい》に流したソーメンを食する、といういかにも子どもが喜びそうなアイディアで、昭和三十七年、当時の開聞町は今で言う町興《まちおこ》しをはかった。それはみごと成功。当初竹樋を流れていたソーメンは、すぐにテーブルの上のたらいの中をぐるぐると回るようになった。このソーメン流し器は地元の人の発明によるものだそうだ。

ソーメン流しを、「子どもが喜びそうな」と書いたが、実は私自身の小さい頃は、落ち着いて食べられないのであまり好きではなかった。食べるなら食べる、遊ぶなら遊ぶで、脳の働かせ具合をはっきりさせたかったのだ。当時から風流を解さない、融通の利かない脳であった。

熊
くま
38

熊はクマ。球磨であり、隈《くま》。辞書で引くと、道や川などの入り込んだところ、奥まった場所、光と陰の接するところ、などとある。谷戸《やと》や迫《さこ》と同じような地形でありながら、もっと人里から離れたイメージがある。

なぜだろうと考えたが、どうもそれは視点の位置にあるのではないか。谷戸や迫が、地面の上に立っている人の視線なら、クマというのは、もっと上から全体を俯瞰したときの視線からのネーミングに思えてならない。雲の上の神の視点？　だろうか。

大地が収斂《しゆうれん》して幾つもの細かい隆起が刻まれたところ。陰影も深く奥ゆきがあり、決して平板ではない。クマとはそういうところ。歌舞伎役者が顔に塗る「隈取り」も、動脈静脈を表しながら似たような効果を狙っているのだろう。狙っているわけではないのに目の下にできるクマも。

○○迫は南九州に多いが、○○隈は、九州北部、西部に多い。
しかし両方を合わせたような、熊迫村、という名前の村が、大分県野津町に、明治八年まであった。合併で消滅したのは返す返すも残念だ。が、同じ大分県には、熊という地名も隈という地名もある。

熊の方は正式には大分県宇佐市安心院町熊、という地名で、見るだけでほっとくつろぐような何かがある。安心院町の安心は、だが、あんしんと読むのではなく、あじむと読む。謂《いわ》れはいろいろな説があるようだが、その中の一つに、この土地が昔大きな湖で、葦が生い茂っていたことから葦生、それが転じてあじむとなった、というものがある。京都の芦生と同じだが、さすがに「安心院」からその連想は難しい。

国東半島を熊の頭とすれば、その首根っこの真ん中の辺りにある。文字通り山の谷間にある小さな村だが歴史は古く、安倍実任《さねとう》が開いた勝光寺、彼が祀《まつ》った熊神社がある。

晴々とする「バル」

長者原　ちょうじゃばる　39

谷戸《やと》や迫《さこ》は陰影深く、生物相も豊かなところだが、やはり日の上るのは遅く、沈むのは早い。陰気か陽気かと訊かれれば陰気なところかもしれない。それと正反対に、○○原《ばる》と呼ばれるような土地は、高台でいつも陽が当たっている印象だ。原をハルと読ませるのも九州地方に多い。生命力の漲る春、張る、という意味があるのだろう。「原」も晴れがましい上に、そこに「長者」がつけば、なんだかめでたくて、住んでいるだけで長生きできそうな地名である。「長者原」で引くと、福岡県粕屋町の長者原、大分県玖珠《くす》郡にある九重連山の長者原がまず出てくる。後者は行ったことがある。けれど、以前読んで、忘れられない民話の舞台が長崎県壱岐市、つまり壱岐島の東、玄界灘に面した長者原崎であった。民話の筋はこういうものである。

長者原に、正月になると浜へ出て竜宮への供え物を欠かさない老夫婦が住んでいた。それが感心だといって、竜宮の竜王は、夫婦に何でも欲しい宝をやると言う。竜王に会う前に使いのものに知恵をつけられていた夫婦は「ハギワラ」をくれという。めでたく「ハギワラ」をもらった二人は、ハギワラに欲しいものをねだり、次々にそれを手にする。しかし次第にハギワラの粗野さに耐えかねるようになった妻の方が、夫にハギワラを竜宮に返してくれと言い出した。夫がその通りにした途端、倉一杯の宝は灰塵と帰し、十六歳の若さにしてもらっていた夫婦は元の通りの老婆と老爺に戻ってしまう。

世界中にある、「女房のいらぬ差し出口」パターンの民話であるが、私が気になって仕方なかったのは、読んだ本に、この「ハギワラ」とは何か、という説明、描写が一切なかったことである。物なのか動物なのか人なのか。萩原さん、だろうか。

この機会に、と、今回調べてみたら、国際日本文化研究センターのデータベースに、ハギワラ、禿童とあった。つまり、禿げた童《わらべ》だったのである。萩原さんではなかった。長年の謎が解けて、爽快である。

西都原　さいとばる　40

高校時代のことだ。考古学に興味を持つ友人が、週明け、(国内最大規模の古墳群を持つ)西都原に行ってきてとてもよかった、と語った。西都原かあ、とそのとき興味を持ち、今度の日曜日に私も行こうと思い立ったが、実際に私が足を運んだのはそれから何十年も後のことだった。確かに、とてもよかった。

西都原は西都市西方の洪積台地で、古墳のあるところは国特別史跡公園となっている。三一一基もの様々な形式の古墳が非常に良い状態で保存されている。ちょうど春の頃で、菜の花が一面に丘を染めていた。見晴らしのよい丘陵地帯で、どこまでも続く草原のような伸びやかさがあった。

角川日本地名大辞典によれば、西都原は古くは斎殿原《つきどのばる》と呼ばれていたらしい。それが音読みになって、西都農原となり、西殿原、西都原、と転訛していったというのである。西都原もいい名だと思っていたが、斎殿だなんて、いかにも古式ゆかしい、考古学好きの気に入りそうな名まえではないか。今は連絡の取れないその友人に教えてあげたい。

西都市はまた、東九州自動車道が通っているところでもある。北九州市から始まる国道10号線は九州山脈の凄み（端っこを行くくらいなのに）を感じさせる道路で、北から下ってきて直見から宗太郎（地名なのである）の辺りとかは大好きなのだが、平地に降りると単調だ。単調だな、と思った辺りから東九州自動車道が始まっており（北進してきた工事がここで終わっているのか）、それにのるとすぐに西都市である。環境に与える様々な負荷を考えると、自動車道というのはないにこしたことはないのだが、あればあったで便利だからつい使ってしまう。「(偉そうに環境のことを憂えてみせたりしても）おまえは車に乗るだろう！」と一喝されたら一言もない。あれこれ考えて、いつも葛藤を抱えたままぐずぐずと眠りにつくのである。

新田原

にゅうたばる

41

西都原《さいとばる》から一ツ瀬川沿いに下ると、航空自衛隊による航空ショーで有名な新田原がある。にゅうたばる、と読む。

新、と書いて、にゅうと読ませるなんて、英語のnewを思わせ、斬新な名まえのように思っていたら、付近は新田《にゅうた》という、鎌倉期から記録に出てくる、由緒ある地名なのだった。新田原はまた、東都原とも（西都原を意識してのことだろう）呼ばれ、ここにもまた新田原古墳群（東都原古墳群）、一九八基がある。

西都原にしろ、東都原にしろ、こんなに古墳が集中してあるのはやはりただごとではない、という気がしてくる。邪馬台国の有力な候補の一つというのも頷ける。そして宮崎には、なぜか子音にyuuと続ける土地名が多いのだ。別府と書いてびゅう（byuu）と読ませるのは延岡市の町。大分まで行けば、別府はべっぷである。福岡県行橋市の新田原は、にゅうたばるではなく、しんでんばると読ませる。この「子音プラスyuu」の多さは、やはり、古墳群がこんなにあることと無関係ではないのではないかと、古い物好きのにわか探偵はあれこれ想像してしまう。考えれば日向だって、ひむかではなく、hyuu-gaだ。

想像はどんどん膨らみ、古代、使われていた言葉の発音は、今の日本語のようにかっちりしたものではなく、もっと風の吹く音のような、小鳥のさえずりのようなものだったのではないかと思うと、そういう言葉が飛び交う日常を想像して楽しい。恋人同士のささやきが優しいのは言うに及ばず、路上でおしゃべりする声、母親が子どもを寝かしつける声、叱る声さえ、鳥の声のように流れていく、そういう日常。会議や怒号になると、大風が吹いているような感じなのだろうか。

そんなことをうっとりして考えているとき、宮崎市に新別府という町があるのを見つけ、もしや、「にゅう・びゅう」と読むのでは、と一人で色めき立ったが、これは穏当に「しんべっぷ」、と読むのだそうだ。

催馬楽　せばる　42

西都原《さいとばる》はもともと斎殿原《つきどのばる》だったらしい、ということは前々回に書いたが、熊本県球磨郡あさぎり町には神殿原というところがあり、これは「こうどんばる」と読むようだ。人吉市の東方に位置する。土地の謂《いわ》れは今、私には知る由もないが、聞く者をして、きっと古くからの由緒ある地名に違いないと思わせる神々しさがある。

こうどのばる、が、こうどんばるに変わるというのは、南九州にありがちな、助詞の「の（ｎｏ）」からｏが欠落して「ん（ｎ）」になるタイプの転訛だろうと思われるが（「西郷どの」が「西郷どん」になるような）、「つきどのばる」が「さいとばる」となる過程に一時あったと言われる、「西都農原」からは、ｏだけではなくｎまで飛ばしてしまって「西都原」になってしまったわけなのだろう。飛ばされた「農」は上になじみの「都」をつけて都農《つの》町となり、近隣に健在だ。

鹿児島市にある「せばる団地」は催馬楽と呼ばれる土地にある。昔この辺りに住んでいた隼人族が、雅楽の一種、催馬楽《さいばら》をよくしていたという故事からついた地名のようだ。宮廷守護のために都に上った際も、朝廷でよく演じていたという。この近くに、「たんたど」と呼ばれる地区があって、これもまた変わった名まえだが、催馬楽が演奏される際の鼓の音だとも、近くを流れる水の音だとも言われているそうだ（鹿児島市ホームページより）。「たんたん」ではなく、「たんたど」と切り上げる辺りが、隼人族とその末裔の気性を表しているような気がする。

催馬楽のサイがセに転訛するのは鹿児島ではありそうだが、原という字ではないにもかかわらず、バラという音をバルと読むということは、これもまた、やはり、バラで終わるより、バル、と言い切る方が、心性にあっているということなのだろうか。語尾のちょっとしたディテールにこそ、生き生きとした「らしさ」が現れていて、興味は尽きない。

いくつもの峠を越えて行く

山越　やまごえ　43

京都、滋賀の両方を車で行き来していた頃、使うルートは、市街地から市街地へ抜ける昔の東海道「逢坂《おうさか》の関」か、京都の北白川から比叡山沿いを登り、滋賀の近江神宮の裏手に出る「山越」、京都の八瀬、大原から若狭へ行く鯖街道に一部沿い、途中で伊香立の方へ降り、還来《もどろぎ》神社前を通りつつ琵琶湖畔、堅田《かたた》に出る「途中越《とちゅうごえ》」、あとは「小関越《こせきごえ》」という小道もあるが、主に使うのは先の三つのうちのどれかであった。

山越も、昔は曲がりくねった細い道で、次から次へとカーブが続くと、思わずためいきとともにビートルズの曲の一節、the long and winding road（長く曲がりくねった道）、を口ずさむのが常だった。途中、山上に開けた比叡平団地という住宅地（昔は不便で風流な別荘地だった）の横を通るが、あるときその団地行きのバスに乗り、団地奥で降りて、東山の方を目指して歩いた。比叡山から東山の辺りは花崗岩《かこうがん》とホルンフェルス（花崗岩が熱いマグマとして噴出してきたとき、周囲の堆積岩と接触した部分が硬く焼けて変質したもの）で出来ており、そこに桜石という名の石が現れることがある。名の由来は、石を割った面から暗く艶のある模様が見え、それが桜の花びらによく似ているためである。ときにはまるごとの桜の花の形をしたものも出てくることがある。正式な名まえは菫青石《きんせいせき》仮晶という。それもまたうつくしい。腐葉土のふかふかした下りの登山道を、水の流れる音を聞きながら、桜石の出てくる場所を探して歩いた。石に夢中になっていた時代であった。

今、机の引き出しにはこのときの桜石の欠片《かけら》が転がっている。約九八〇〇万年前ドラマティックな生成過程を経て、ここ千年ほどは山越をする人びとの数々のドラマを見てきた桜石。だが私の死後遺品を処分する人は、きっと一顧だにせずゴミに出すだろう。そう思うと不憫なので、機会があったら生まれた場所へ返しに行こうと思っている。

三太郎越

さんたろうごえ

44

データを取ったわけでも、正式なものでもない、あくまでも私個人の印象からなのだが、太郎は峠、次郎は沢、三郎は風、四郎は知らないが五郎は岳、というイメージが強い。たとえば五郎なら、北アルプスに野口五郎岳、富山県の立山連峰にも黒部五郎岳という山がある（大岩が「ゴロゴロ」している、という洒落《しやれ》らしい。「野口」は麓の村、「黒部」も土地の名まえ）。

宮沢賢治の童話『風の又三郎』は、賢治の親友、保阪嘉内《ほさかかない》の故郷である甲府盆地に吹く「八ヶ岳おろし」、別名「風の三郎」がそのアイディアの源ではないかと言われている（ちなみに、八ヶ岳には風の三郎岳もあり、風の三郎社と呼ばれる風の神を祀《まつ》る社もある）。風の神を三郎と呼ぶ伝承は、甲信越地方に多いようだ。

次郎沢はどこだったか、北日本のどこかだったと思うが、いくつかあったような気がして、いつの間にか私の中では次郎は沢、と独断的な位置づけがされている。

太郎を峠、と思うのは、難所続きで有名な三太郎越の印象が強いからである。熊本の、美しく穏やかな八代海に面した、芦北の山々を貫く薩摩街道にその難所はある。北から、田浦近くの「赤松太郎峠」、佐敷の「佐敷太郎峠」、津奈木町の「津奈木太郎峠」、三つを合わせて「三太郎越」。

生身の人間が立ち向かうには、あまりに厳しい自然の姿を前にして、このように擬人化してしまう、というのは先人のなんという素晴らしい工夫であるか、と思う。「赤松の太郎」、「佐敷の太郎」、「津奈木の太郎」等、手強《てごわ》いわんぱく小僧みたいなタフさとかわいらしさが無意識にイメージされ、その名を口にするたび、昔の旅人が、やれやれしようがない、もうひと頑張りしようか、という気分になってくるのが分かる。太郎でも次郎でも三郎でも五郎でも、そういう名づけには、長年付き合っても手に負えない家族に対するような諦めと愛着を感じる。今では道路も整備され、三太郎越のある旧道を通る人はほとんどないと聞く。

二之瀬越

にのせごえ　45

よく車で東京—関西を行き来していた頃のことだ。下りのときなら名古屋を過ぎて、養老ＳＡから伊吹ＰＡの間を通ると、左手に高く聳える山々が壁のように見えてくる。その辺りは関ヶ原。日本海から太平洋に向けて風が最短で吹き抜ける場所でもあり、昔からの交通の要所でもあった。そしてやがて右手にはどこか神さびた伊吹山の存在。なんだか圧倒されるような気がしたものだ。

その、左手に聳える山々というのは養老山地だ。昼間でも山の霊気が感じられるような区間で、況《いわん》や夜などは思わずきっと口を引き結んで緊張しながら走った。夜中の二時頃、バンビのような若いシカが突然路上に現れ、思わずハンドルを切ったこともある。真夜中で通行車も少なく、となりの車線に車がなかったからよかったものの、今考えてもあれは危なかったと思う。若いシカはヘッドライトに立ちすくんでしまっていたのだろう。

そういう、いつも遠くから仰ぎ見るだけで聖域のように思っていた養老山地を、思いがけず横断するはめになったことがある。

取材の旅だったので、私は風景を見ることに専念し、運転は編集者の方に任せていた。滋賀県の琵琶湖側から三重県側へ、一日中山の中を運転してもらい、帰りは三重県から国道306号を北へ走り名神高速に入るはずだった。だが、車は途中で306号を外れ、地元の道に入った。国道306号は昔の巡見街道で、一部関ヶ原の戦いでの薩摩軍の退路とも重なっている。今は幹線道路で往時を偲ばせる風情はそうないけれど、地元のぐねぐね道を行くよりは遥かに運転は楽なはずなのだ。外れた瞬間、私はそれを思い、今ならまだ戻れると運転手に知らせたが、迷い込んだぐねぐね道にはとても情緒があり、彼女は既にすっかり魅了されていた。見ると目が光っていた。疲れがある閾値《いきち》に達すると、別人のようにワイルドに、またパワフルになる人で、私はそれを知っていたので、もう無駄な口出しはしなかった。次第に対向車もない深い山の中へ入っていった。峠を越えたと思えばまた峠。どこまでもそれの繰り返し。これはただ事ではない、名のある道に違いない、そう話しながらふと車窓を見ると、崖の下、延々と続くカーブが遥か彼方まで続いていた。車を止めてもらい、運転手共々見とれた。私たちのその山越えの道を「二之瀬越」というのだと知ったのは、東京に帰宅した後のことである。あの養老山地を越えていたのだった。

牧ノ戸峠

まきのととうげ　46

前々回、「次郎は沢」と書いたが、編集部に原稿を渡すと「次郎と言えば私にはやはり筑紫次郎です」という声が（そっと）返ってきて、おお、そうであった、と筑紫次郎の雄姿を思い浮かべ、彼にすまなく思った（気にしてはいないだろうが）。

筑紫次郎は筑後川、利根川の坂東太郎、吉野川の四国三郎とともに、昔暴れん坊でならした大河三兄弟の堂々たる次男坊である。その筑後川水系の一つ、玖珠川《くす》は、遡れば大分県の水分峠《みずわけ》で二手に分かれ、筑後川組となっている。袂を分かったもう一方は大分川となって別府湾へ注ぐ。水分峠は文字通りの分水嶺なのだ。そして辺りを走る県道11号線は、そこから阿蘇方面にかけて、やまなみハイウェイと呼ばれる。

初夏の頃、このやまなみハイウェイを車で走る清々しさは格別だ。九重連山の山々の美しさと空の青さに見とれながら長者原《ちょうじゃばる》を過ぎ、牧ノ戸峠を越えると、視界が開けていくにつれ目の覚めるような緑の美しさ、空の高さ広さ、底抜けの快活さ。ああ、もう阿蘇の神々の管轄に入ったのだな、と思わされる。同じような広々とした野原や山々の景色を目にしても、地方によってそれぞれ印象が違うのは興味深い。北海道は突き抜けるような透明感、信州にはきりりとした繊細さ、そして阿蘇には豪放さが感じられるのだった。緯度の高さ低さによる光の加減だろうか。けれどやはり、そこの山の性格のようなものが大きいのだろう。

生きることはその人だけの山脈を征くことに似ている。思いもかけない谷《や》戸《と》や隈《くま》に入り込み、原や鼻にさまよい出て、様々な坂を越えつつ、けれどあるとき決定的な峠を越えると、これまでとは全く違う世界が待っている。ああ、ここでゆっくりできる、と思っていても、しばらくすると実はもう既に次の峠に差し掛かっていることが分かる。

やまなみハイウェイは、牧ノ戸峠から阿蘇の外輪山、瀬の本高原に入る。筑後川本流は、この辺りに端を発するらしい。

島のもつ名まえ

風早島

かざはやじま

47

数年前、カムチャツカから帰国のため乗った飛行機は、関西国際空港へ直行するはずの便だったので、まさかその辺りを飛ぶとは思いもよらなかった。うとうとしていて、ふと、もうそろそろ、と窓の下をのぞくと、陸地が見え、すぐに様々な形の緑の島々が、所狭しと青い海に浮かび始めた。なんとものどかで麗しく、にぎやかで楽しい光景だった。一体ここはどこだろう、と東北、北陸、いろいろな場所を想像したが思いつかず、そのうち、ある島々の配置を見て、あ、これは瀬戸内海だと確信した。けれど北からまっすぐ南へ降りてくるだけのはずの飛行機である。どう考えてもその飛行機は下関より西の辺りから引き返してきていた。島々が次から次へと現れる最中、大きな橋も一つならず出てきた。最後は淡路島まで確認、神戸空港の上を素通りし、そして無事関空へ着陸した。素人の考え及ばない管制塔の指示、何か緻密な空の航行スケジュールによるものなのだろうが、どのくらいの燃油が無駄になるのかと不安に思いつつ、実は嬉しかった。

私が最初にそこを瀬戸内海だと確信したのは、以前愛媛県の高浜港から船で渡った忽那《くつな》諸島の島々が、はっきりと見えたからだった。それぞれが今でも独自の文化を育んでいる島嶼《とうしょ》である。くつな、というその音も味わい深いけれど、その中の一番大きな島、中島は、昔風早島と呼ばれていた。今は柑橘類の栽培が盛んで、初夏の頃行くと島中が白いみかんの花の香りに包まれ、歩きながら思わず「みかんの花が咲いている……」と口ずさんでしまう。昔から半夏生《はんげしょう》の頃行われる、「虫送り」という害虫避けの祭りでは、子どもたちが藁でつくった船を掲げ、鉦《かね》や太鼓を鳴らしながらみかん畑の間を行進する。みかんにつく害虫の霊は船の中に納められ、最後には海に流される。風が早く、潮流もまた早い海域である。虫の霊はどこへ送られたのか。飛行機の上から青い海を見、改めてそう思った。

甑島列島

こしきじまれっとう　48

甑島列島出身の友人がいて、その彼女がなんともおおらかで春の海のような気立ての人だったので、甑島というのはよほどすてきなところだろうと、昔から漠然とは思っていた。彼女から聞くのんびりとした島の情景も、浮世離れしてまたよかった。

甑島列島は薩摩半島の西側に位置する。東シナ海海上にあるが、黒潮の傍流に当たる対馬海流が流れているので、島には亜熱帯的な雰囲気が漂っている。

十数年前、串木野港から出る高速艇に乗って上甑島へ渡った。最短で高速艇五十分ほどで着く。気負わずに行ける、ちょうどいい距離だ。島の中はどこを行ってもすぐに海が見えた。海岸沿いには艶々とした葉のヤブツバキが、丸々とした実をつけていて、いかにも食べられそうで試みにちょっとかじってみたが、もちろん油などもすぐにそのまま出るわけがなく、二度とこのようなことはするまい、と肝に銘じるような味だった。何でもすぐに口に入れる自分の癖を呪った。帰りの船で、乗船窓口のおばさんと話し込んでいるうちに、自分が乗船料を払ったのかどうか忘れてしまった。向こうも受けとったのかどうか忘れ、「一日の集計が終わったらそのことがはっきりすると思います」とのこと、言われるままに電話番号を教えた。帰宅すると、留守番電話に彼女からの伝言が入っていた。折り返し電話すると、そこは彼女の自宅ではないようだった。同じ名字の、近所の親戚の家が、彼女への電話を取り次いでいるようだった。「今、呼んできますから」と、その家の方が受話器を置いて、彼女を呼びに行った（足音が響いた）。その間、私の脳裏にははっきり、あのヤブツバキなどの照葉樹やソテツなどの亜熱帯性の木が生い茂る家々の間の露地を、下駄履きで小走りにかける人の姿が浮かんだ。それから、二人で電話口へ帰ってくる気配が。

私はお金を払っていなかった。少し長めのお詫びの文章と、遅くなった乗船料を封筒に入れて、島へ送ったことだった。

ショルタ島

しょるたとう

49

始めるときは、ただ漠然と日本の地名に関わることを書こうと思っていたが、ほとんどが関東以西の地名ばかりになった。思い出深い土地は東北にもたくさんあったけれど、書けばどこかが決定的に過去形になってしまう。今はまだそれがつらかった。外国の地名は不案内が理由で言及しなかった。地名とは歴史の厚みや地勢的な経験が凝縮されたシンボリックな記号である。ちょっとくらい聞きかじったところで漏れのあることは初めから明白だった(日本の地名でもそれは同じだが、母語だからまだまし、と着手するくらいの蛮勇はあったのだ)。

が、今まで旅した中で一番素朴な名を最後に取り上げたい。それはアドリア海に浮かぶ島、クロアチアのショルタ島にある港の上の村の名である。

ショルタ島は緑のお椀をぽこんと伏せたような形でアドリア海に浮かぶ、

約五十二平方キロメートルの小さな島である。島全体に野生のハーブが生い茂る(私の「薬草袋」に入っているドライハーブももとはこの島のおばあさんからもらったものだ)。最初に本土から人が渡って住み着いたのは、港の上の方にある村らしい。この村の名まえが、日本語で言うと「上の方」というのである。古代、それで十分用が足りたのだろう。以来何千年も、その村は「上の方」と呼ばれている。

それが地名というものの本来の形なのだろう。その場所を呼ぶ必要があるとき、誰もが分かる形でそこを表す。それに文化的な修飾がついたり、中央集権的な記号性の高いものへ取って代わったりする。

素朴で穏やかな島の暮らしに憧れて、ショルタ島には国内外から休暇を過ごしに人びとがやってくる。「上の方」村には咲き匂う野生のハーブの花を求めて養蜂業者も住み着いた。ここの野生のローズマリーの花の蜜は絶品だ。「上の方」という名のイメージは、そういう香り高いものになりつつある。地名も人名も、およそ名というものはそのように、長い年月をかけ本来の意味から自由に変化成長していくものなのだろう。

あとがき

この葉篇集（掌篇よりはかなげなこの「葉篇」という言葉は、ある方の造語である）は、二〇一一年から二〇一二年にかけて西日本新聞で連載されたものである。文字通り葉っぱが降り積むように、これまでの生涯で縁のあった土地の名を重ねていく連載にしようと思った。地名、というものが、単なる記号以上のものを意味しているということは、常々感じていたことだったので、連載の緩い括りとしてのテーマを考えるように言われたとき、これならなんとか続くのではないかと思いついたのであった。

読者が九州管内、というその新聞社からの希望もあり、できるだけ九州の地名にすることを心がけたが、それほど厳しいルールとしなかったので、「括り」によっては九州以外の地名も登場する。思い出に結びついた東北の地名もあったが、最後の稿で述べたような理由で、ついに言及できなかった。「括り」はまた、新聞のそのときどきの掲載可能な日にちにも強く影響を受けている。たとえば、元旦の週は、特別編成であったりするので、一回しか掲載され得なかった。それで、一回だけの「括り」となった。その他にも「括り」が一定していないのは、突然変更止むなくなった週もあったからである。それもこれも、この「葉篇」が一枚一枚できあがっていったときの、一筆書きのような生まれように、そぐわないものでもないと思えたので、そのままの体裁で残すことにした。この本の読み方、といって、著者がお願いするのもおかしなことだが、薄い本ではあるけれども、連載時と同じように一日一篇、と読んでくだされば、五十日間は持つ（もっとも実際の連載時は間に休みもあるので、連載期間は数ヶ月ほどになった）。

いつだったか、ずいぶん前のことだが、旅をしたことのある土地の名が、ふとしたおりに、「薬効」のようなものを私に与えてくれていると気づいた。「薬効」、と意識すればそれだけでまた、効果は倍増する。そういうこともあり、薬草袋ということばを、タイトルのどこかに入れたく思った。連載一回目の「タイトルのこと」に付け足して、ここにそれを記しておこうと思う。私の「薬草」が、だれかの非常時、ささやかな当座のものであったにしても、同じように「薬効」を発揮しないとも限らないから。そうなれば、うれしいことだ。

初出
「西日本新聞」連載　二〇一一年十二月十三日〜二〇一二年二月二十八日
あとがきは書下ろし

装画・挿画　西　淑
地図製作　アトリエ・プラン
装幀　新潮社装幀室

著者紹介

1959年生れ。著書に『西の魔女が死んだ』『裏庭』『丹生都比売』『エンジェル エンジェル エンジェル』『からくりからくさ』『りかさん』『家守綺譚』『村田エフェンディ滞土録』『沼地のある森を抜けて』『f植物園の巣穴』『雪と珊瑚と』『春になったら莓を摘みに』『ぐるりのこと』『水辺にて』『渡りの足跡』『エストニア紀行』などがある。

鳥《とり》と雲《くも》と薬草袋《やくそうぶくろ》

梨木香歩《なしきかほ》

発　行　2013年3月30日
2　刷　2016年3月5日

発行者　佐藤隆信
発行所　株式会社新潮社

〒162-8711　東京都新宿区矢来町71
電　話　編集部03-3266-5411
　　　　読者係03-3266-5111
http://www.shinchosha.co.jp
印刷所　株式会社精興社
製本所　加藤製本株式会社

ISBN978-4-10-429908-9 C0095

梨木香歩の本

新潮社

文庫
裏　庭

荒れはてた洋館の、秘密の裏庭で声を聞いた――教えよう、君に。そして少女の孤独な魂は、冒険へと旅立った。自分に出会うために。

文庫
西の魔女が死んだ

学校に足が向かなくなった少女が、大好きな祖母から受けた魔女の手ほどき。何事も自分で決めるのが、魔女修行の肝心かなめで……。

文庫
りかさん

おばあちゃんから贈られたのは黒髪の市松人形。名前はりか。不思議な力をもったその人形に導かれて、私の「旅」がはじまった。

文庫

エンジェル　エンジェル　エンジェル

私はひどいことをしました。神様は私をおゆるしになるでしょうか――熱帯魚を飼うコウコの嘆きが誘う祖母の少女時代の切ない記憶。

単行本/文庫

からくりからくさ

祖母が遺した古い家で、私たちは糸を染め、機を織る。静かで、けれどたしかな実感に満ちた日々。生命の連なりを支える絆を伝える物語。

単行本/文庫

家守綺譚

庭池電燈付二階屋、草花鳥獣河童小鬼亡友等豊富。それはつい百年前、新米知識人の「私」と天地自然の「気」たちとののびやかな交歓録。

単行本/文庫

沼地のある森を抜けて

始まりは「ぬかどこ」だった。先祖伝来のぬか床が、呻くのだ。変容し増殖する命の連鎖、連綿と息づく想い。生き抜く力を探る長編。

単行本/文庫
春になったら苺を摘みに

「理解はできないが受け容れる」著者が学生時代を過ごした、英国の下宿の女主人ウェスト夫人と住人たちの騒動だらけで素敵な日々。

単行本/文庫
ぐるりのこと

もっと深く、ひたひたと考えたい。生きていて出会う、一つ一つを、静かに、丁寧に、味わいたい。ぐるりから世界を、自分を考える。

単行本/文庫
渡りの足跡

近くの池や川に飛来するカモたちにも、一羽一羽、物語がある。渡りの足跡を辿り、観察し、記録することから始まったエッセイ。

単行本
エストニア紀行
森の苔・庭の木漏れ日・海の葦

何百年もの間、他国に支配されながら、大地とともに生き、祖国への変わらぬ熱情を静かに抱き続けてきたエストニアの魂にふれる旅。